사 는 게 참 행복하다

사는 게
참
행복하다

10년의 시골 라이프

조중의 지음

북노마드

비가 뿌리는 토요일 오후다.

텅 빈 집에 홀로 앉아 빗소리와

바람 소리를 듣는다.

바람이 불 때마다 모과나무 가지가

처마를 쿵쿵 두드리는 소리가 들린다.

한 길손이 대문을 두드리듯.

이사 올 때 강아지였던 개는

비가 싫다며 제 집에 들어가 졸고 있다.

7년을 같이 살아온 녀석의 얼굴을

볼라치면 그것 참, 덧없어 맹랑하다.

고양이도 비가 오는 날이면

자취를 감춘다.

새들도 보이지 않는다.

그래도 내일, 모레쯤 구름이 걷히고
해가 나면 고양이는 집 주위를 어슬렁어슬렁
나다닐 테고, 새들은 단풍나무와
산수유나무를 오르내리며 쉬지 않고
쫑알댈 테니까⋯⋯.
비 오는 날의 우수는 잠시뿐.
그렇게 믿고 싶어 입술을 깨문다.
우물 속 돌멩이 같은 나라의 오후다.
바닥 깊이 가라앉은 신산한 오후다.
해가 나오면 괜찮아질 거라고 최면을 건다.
비바람 부는 토요일 오후
텅 빈 시골집.

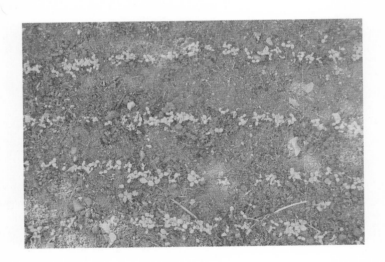

지난겨울 가지치기를 하지 않았다.

홍매화는 신나게 가지를 뻗었다.

선머슴처럼 자란 홍매화는 주위의 대기를 수줍게 만들었다.

나도 홍매화 아래 서면 볼이 발개졌다.

조금 전 불었던 봄바람도 분홍빛에 물들어 지나갔겠지.

흔들의자에 앉아 책을 펼치면 시간이 느릿느릿해진다.
마음도 느릿, 나비도 느릿, 꽃도 느릿, 게으름뱅이가 된다.
흠, 흠 하고 신선한 공기를 마시고
지저귀는 종달새 노래도 듣는다.
이 의자는 '행복의자'다.

그리움들이 모여든 이야기.

집 옆에 30여 년 된 모과나무가 한 그루 있다. 바람이 불면 가지에 매달린 모과가 지붕 귀퉁이에 부딪히면서 쿵! 쿵! 소리를 냈다. 지붕 쪽으로 뻗은 가지를 톱으로 잘라내보았지만 모과가 굵어지기 시작하면 가지가 아래로 처지면서 다시 지붕을 때렸다.

밤새 된서리가 내린 상강霜降 무렵이었다. 하얀 서리를 맞은 이파리들이 아침 햇살에 뚝뚝 떨어졌다. 잎이 떨어진 가지에서 노란 모과가 그 모습을 드러냈다.

나는 바지랑대를 들고 모과나무 아래로 걸어갔다. 모과를 수확해 겨우내 먹을 차를 만들 생각이었다. 모과를 털기 위해 바지랑대를 휘두르는데, 문득 지붕 모서리를 두드려주던 모과 소리가 그리워질 것만 같았다.

모과는 바람이 불어 스산한 어느 가을날 나를 불렀다. 지나가던 길손이 대문을 두드리듯 지붕 귀퉁이에 쿵! 쿵! 부딪히며 소리를 내곤 했다. 쿵! 쿵! 잊을 만하면 들려왔다. 그런데 시간이 지날수록 그 소리가 '주인 계세요?' 하고 나를 찾는 소리로 다가왔다. 모과는 내 집을 노크했다. 그때마다 모과는 울퉁불퉁한 상처가 생겼겠지만 나는 어느새 그 소리에 위로를 받고 있었던 모양이다.

나는 혼자가 아니었다. 깊어가는 가을 한낮, 사람도 아니고 동물도 아닌 한 그루 나무가 내게 관심을 보여온 것이었다. 모과나무에 깃든 절대자의 숨결이라도 좋고 정령이라도 좋았다. 나를 위해 무던히 표현하는 것을 느낄 수 있다는 것만으로도 행복했다.

그것이 내 마음에 자리 잡은 모과의 그리움이었다.

시골에 살면서 나는 많은 사람들이 그리웠다. 그런데 사람을 그리워하는 것은 나뿐만이 아니었음을 알았다. 바람도 그랬고 눈도 그랬고 비도 그랬다. 나무는 말할 것도 없고……. 이들의 그리움은 나보다 오래된 것이리라.

모든 것들에 대한 그리움과 모든 것들의 그리움은 바람에 쓸려온 낙엽처럼 이 책으로 모여들었다. 그리움이야말로 모든 것을 사랑하게 하고 반성하게 하고 힘을 내게 하는 동력이다. 하물며 내가 살던 땅과 마을과 집과 나무와 개와 고양이와 이런저런 이웃들은 말해 무엇 하랴. 내가 살고 있는 시골 마을의 그리움에 대한 단상들이 미소로 번져나갔으면 좋겠다.

이 글을 쓰는 동안에도 '주인 계세요?' 하고 문을 두드리는 모과의 심정을 느껴보려 그들의 마음을 모았다.

차례

슈퍼울트라 고슴도치。

고슴도치 한 마리가 나타났다. 집으로 향하는 골목길 한가운데 우뚝 멈춰서 있었다. 멀리서 보아도 생김새가 고슴도치가 영락없다. 야행성인 고슴도치가 대낮에, 그것도 사람이 오고 가는 골목길에 출현한 것이 신기했다. 시골에 사니 이제 별걸 다 보는구나 싶었다.

이 초겨울 오후에 무슨 일로 마을 골목길까지 내려온 것인지 궁금했다. 몸을 다친 것일까? 병에 걸려 앓다가 마을로 잘못 내려온 것일까? 아니면 배가 고파 내려온 것일 수도 있었다.

골목길을 따라 올라가면서 호기심이 더해진다. 고슴도치는 그 사이 몇 걸음을 더 옮긴 것인지 내가 올라가고 있는 골목 아래쪽으로 조금 내려와 있다. 살아 있는 것이 분명했다.

길을 걸어올라가 고슴도치의 윤곽이 환히 보이는 지점에 다다랐을 때, 비로소 고슴도치의 정체가 드러났다. 덩치가 어마어마했다. 멀리서 볼 때는 작은 고슴도치가 분명했는데, 가까이서 보니 생김새는 고슴도치인데 곰처럼 컸다.

녀석의 정체는 어이없게도 돌연변이로 태어난 슈퍼울트라 고슴도치가 아니라 산발한 나무 다발이었다. 들쭉날쭉한 나뭇짐은 영락없는 고슴도치 모습이었다. 그 고슴도치 나뭇짐이 움직이고 있었다. 거의 눈치 채지 못할 만큼씩 스르륵스르륵 골목길을 따라 미끄러지듯 내려오는 것이었다. 나무 다발 아래 바퀴라도 달린 건가?

그러고 보니 산발한 나무 다발 속에 누군가가 있었다. 나뭇짐과 분간이 어려운 차림새를 한 꼬부랑 할머니였다. 할머니는 90도로 굽은 허리에 동여맨 끈을 나무 다발에 묶어 앞쪽으로 끌어당겼다. 빈 몸으로도 걷기 힘든 할머니가 당신 몸집의 배나 되는 고슴도치 나무 다발을 끌고 골목길을 내려오는 중이었다.

마을 뒷산은 어떻게 올라간 것인지, 나무는 어떻게 해모은 것인지, 나무 다발을 끌고 비탈진 산은 어떻게 내려온 것인지……
모든 것이 궁금하고 신기했다. 산속에 숨어사는 요정들이 도와준
걸까, 엉뚱한 생각도 해본다. 할머니의 행동은 온통 수수께끼였지
만 그 수수께끼가 눈앞에 보란 듯 펼쳐지고 있었다.

할머니는 숨이 차면 쉬고 힘이 돋아나면 느릿느릿 발걸음을 옮
겼다. 달팽이가 기어가듯 눈에 띄지 않게, 그러나 끊임없이 고슴
도치 나무 다발을 옮겼다. 한 걸음 딛고 쉬고, 두 걸음 딛고 쉬고.

저래 가지고 언제 집까지 나뭇단을 옮겨갈까. 멀쩡한 어른이
라면 열댓 걸음에 갈 수 있는 거리를 5분씩이나 걸리는 할머니의
움직임은 느리다 못해 지루했다. 할머니는 그래도 아랑곳하지
않았다.

"안녕하세요!"

인사를 건네자 할머니는 활짝 웃는다. 자신의 노동이 스스로도
우습고 재미있는지 깔깔깔 웃음보를 터뜨린다.

할머니의 땔감 구하기는 겨울 난방비가 부족해서가 아니다. 도
시에 사는 아들은 대기업의 임원이라고 했다. 아들은 혼자 사는
어머니의 시골살이를 걱정해 도시로 모셔가려 하지만 한사코 거
절했단다. 도시에서는 시골 생활이 고생이라 생각하지만 할머니
에게는 오히려 도시가 사람 살 곳이 아니다.

할머니는 고슴도치 나무 다발 하나에 한나절을 꼬박 써버렸다.
산으로 올라가 땔감용으로 쓸 만한 나뭇가지를 줍고, 당신 몸뚱이

보다 배나 큰 나무 다발을 묶는다. 땀을 식히고 한숨을 돌린 뒤 나무 다발을 끌고 아슬아슬하게 산을 내려와 마을 골목길에 도착하기까지 많은 시간이 흐른다. 할머니 집에 도착하려면 줄잡아도 네댓 시간은 걸릴 것이다. 할머니는 건강한 성인이 한 시간이면 끝낼 일에 한나절이나 매달린다.

내가 나무 다발을 들어주려 다가가자 손사래를 친다. 괜히 손만 더러워진다며 다가오지 못하게 한다. 단호하다. 그리고는 하얀 이 대신 붉은 잇몸을 보이며 깔깔깔 웃는다.

고슴도치 가시에 파묻힌 할머니가 합죽이가 되어 깔깔깔 웃는 소리가 사람 목소리와 다르게 들린다. 욕심 많은 인간이 아니라 돌연변이 슈퍼 고슴도치가 마을 골목길로 잘못 내려온 것처럼 보인다. 나이 여든을 넘긴 꼬부랑 할머니가 그사이 나무 다발과 함께 저만치 골목길 아래쪽으로 내려간다. 느리지만 끊임없이 움직이는 고슴도치 나뭇단이 고요한 오후의 시골 풍경에 생기를 불어넣고 있었다. 나는 쓸쓸하지만 그 아름다운 광경에 잠시 넋을 놓았다.

초겨울 햇살이 서쪽 산에 걸렸다. 곧 산그림자가 쑥쑥 자란다. 마을의 빛깔도 금빛으로 변한다. 해가 기울어 낮달이 밝아지기 시작하면 할머니 집 굴뚝에서는 고슴도치의 슈퍼울트라 파워가 타닥타닥 하고 흰 연기를 모락모락 피워올릴 것이다.

나와 고양이의 의자.

나무 의자는 단풍나무 아래 놓여 있다. 나는 여름 한철 이 나무 의자에 앉아 시원한 그늘 바람을 쐬며 휴식을 취한다. 나무와 그늘과 의자는 최고의 휴식을 선물한다. 딱딱한 나무 의자에 앉아 책도 읽고 흥얼흥얼 콧노래도 부르다 보면 무더운 여름 한나절이 훌쩍 지나간다.

얼마 전부터 이 나무 의자에 나 말고도 고양이 한 마리가 끼어들었다. 마을의 길고양이다. 이 집 저 집을 배회하면서 살아가는 녀석이다. 집이 어디에 있는지, 잠은 어디서 자는지 알 수 없는 고양이다.

어느 날 마당으로 나와보니 단풍나무 그늘 아래 낯선 침입자가 보였다. 길고양이가 나무 의자에 올라가 버젓이 누워 있는 게 아닌가. 그동안 멀리서 의자에 앉아 쉬고 있는 나를 몰래 지켜봐온 고양이는 나무 의자가 탐이 난 모양이다.

인기척을 느낀 고양이가 귀를 쫑긋 세우더니 나를 바라본다. 내가 현관에서 마당으로 내려서자 성큼 일어나더니 사뿐히 땅바닥으로 내려와 울타리 사이로 사라졌다. 동작이 우아하고 깔끔하다.

나는 고양이가 사라진 나무 의자로 걸어가서 엉덩이를 내려놓고 앉아 시원한 그늘 바람에 땀을 식혔다. 휴식을 하며 문득 울타리 너머를 보니 그곳에 나를 피해 달아난 고양이가 보였다. 고양이는 나무 의자를 빼앗긴 채 울타리 너머 풀밭에 앉아 나를 바라보고 있었다. 그 표정이 무척 아쉬운 듯 보였다. 그러고 보니 나보다 앞서 나무 의자를 차지하고 있던 고양이에게 미안했다.

그날 이후 나와 고양이의 숨바꼭질은 계속됐다. 단풍나무 그늘 아래 나무 의자는 고양이가 차지하거나 내가 차지하거나, 둘 중 하나의 것이었다. 그러나 엄격히 따져보면 내가 나타나면 고양이가 자리를 피하는 식이었다.

그날도 마찬가지였다. 더위를 식히려 현관문을 열고 집을 나오니 저만치 단풍나무 그늘 아래 나무 의자가 보였다. 역시 고양이가 누워서 낮잠을 즐기고 있었다. 녀석은 지금 무슨 꿈에 잠겨 있는 것일까. 인기척에 놀란 고양이가 귀를 쫑긋 세우더니 머리를 쳐들어 나를 바라보았다. 주인장이 나오셨으니 자리를 비워줘야 한다고 생각하는 것일까. 동물의 감각 하나로 피하려는 것일까.

나는 주춤 발걸음을 멈춘다. 의식해서 나무 의자에 있는 고양이를 못 본 체했다. 마당으로 내려가 나무 의자와 반대편으로 걸어가 엉뚱한 일을 한다. 너에게 관심 없어! 마치 고양이에게 그런 뜻을 전달하겠다는 듯 수돗가에 다가가 물을 틀고 화단에 물을 뿌리면서 단풍나무 그늘 쪽은 거들떠보지도 않았다.

고양이는 나의 행동을 유심히 지켜본다. 여차하면 달아날 준비를 하면서도 자리를 뜨지는 않는다. 고양이 특유의 감각적인 도약이 느껴지는 자세다. 고양이는 그렇게 얼마간 쉬다가 슬그머니 다른 볼일을 보려는지 자리를 떴다. 그러면 나는 나무 의자로 다가가 고양이가 그랬던 것처럼 휴식을 취했다.

그날 이후부터 나는 단풍나무 그늘 아래 나무 의자에 녀석이 먼저 자리를 차지하고 있으면 딴청을 피웠다. 그러다가 고양이가 사라지면 내 차지가 됐다. 고양이도 시간이 흐를수록 나의 뜻을 알아챈 것인지 조금 가까이 다가가도 예전처럼 민감하게 굴지 않고 피하지도 않았다. 결국 내가 의자를 차지했을 때는 고양이가 멀찍이 피해주고, 고양이 차지가 됐을 때는 내가 피해줬다.

고양이와의 소통은 잘 이루어졌다. 서로 말을 주고받지는 못해도 의중은 전달되는 셈이었다. 고양이도 자기 욕심만 부리지는 않았다. 적당히 쉬다가 자리를 내줬다. 나 역시 시원한 나무 의자를 독차지하지 않았다. 휴식을 취하다가 고양이가 등장하면 슬쩍 자리를 떴다.

모두들 사람과 길고양이는 소통이 어렵다고 믿는다. 단풍나무 그늘 아래 단출한 나무 의자를 사이에 두고 나와 길고양이는 소통을 잘하며 살아간다.

낭만적이고 맛깔스런 일.

　　시골에 산다고 하면 십중팔구는 마당에서 삼겹살을 구워먹자고 한다. 도시에 사는 사람들에게는 시골의 너른 마당에 둘러앉아 숯불을 피워놓고 그 위에 석쇠를 받쳐 고기를 구워먹는 것이 낭만적인 식사로 여겨지기 때문이다.

　　나는 그럴 때마다 대답 대신 웃기만 한다. 애써 이런저런 나의 생각을 늘어놓다 보면 별난 사람 취급을 받을 테니까…….

시골은 나무와 흙과 바람과 햇빛이 좋아서 도시와 다른 것이다. 그런 것을 좇아 시골로 들어와 사는 나에게 마당에 가득 고기 굽는 냄새를 풍기는 일은 별로 마음이 내키지 않는다.

대부분의 사람들은 전원 생활의 즐거움 가운데 하나로 야외 불고기 파티를 꼽는다. 맑은 공기를 마시며 싱싱한 고기를 숯불에 구워먹으면 시들해진 식욕도 살아나고 소화도 잘되기 때문일 것이다. 거기에 와인까지 한잔 곁들이면 기분 좋게 취해서 더없이 황홀해지고……. 하지만 그런 즐거움을 누리자고 자연의 평온을 깨뜨리고 싶지 않은 것이 나의 솔직한 심정이다.

여름이 끝나가던 어느 주말 가까운 도시에 사는, 평상시 정을 나누며 가까이 지내는 몇몇 벗이 부부 동반으로 우리 집을 방문하고 싶다고 연락해왔다. 나는 반갑게 맞이하겠노라고 답변했다. 방 청소를 하고 벗들에게 먹일 이런저런 음식을 장만하는데 전화가 왔다.

"조형! 삼겹살 좀 사가려고 하는데, 마당에서 고기 굽는 데는 지장 없겠지요?"

아주 당연하다는 듯한 물음에 나는 "저, 저……." 하고 더듬어댔다. 그러다가 "저희 집에선 고기를 구워먹지 않는데, 어쩌죠?"라는 말을 내뱉고 말았다. 옆에서 통화 내용을 듣던 아내가 그냥 사 가지고 오시도록 하라며 눈짓을 했지만 이미 늦은 뒤였다. 상대 쪽에서 눈치를 챘는지 "아, 알았어요. 그럼 그냥 가도 되나요?"

하고 물어왔다.

"그럼요! 그냥 빈손으로 오시면 돼요. 집에 있는 반찬만으로도 맛있게 드시면 되잖아요."

전화를 끊고 나니 좀 미안했다. 너무 이기적이었나? 그런 생각도 들었다.

얼마 후 세 부부가 마당에 들어섰다. 저마다 들고 온 봉지에는 자기 집에서 담가 냉장보관 해온 김장김치가 들어 있었다. 밥상은 잡곡을 섞어 지은 밥과 된장찌개, 쌈장, 텃밭에서 따온 상추와 쑥갓, 깻잎과 고추로 채워졌다. 고기는 한 점도 구경할 수 없는 그야말로 시골 밥상이었다. 세 부부는 상추와 쑥갓과 깻잎 쌈을 무진장 맛있게 먹었다. 된장찌개는 바닥이 드러났다. 상추는 모자라서 텃밭에 나가 더 뜯어다 물에 씻어왔다. 농약이나 비료를 주지 않고 키운 상추와 쑥갓, 깻잎이다.

"채식 밥상이 이렇게 풍성하고 입맛 당길 줄은 몰랐네요!"

식사를 끝낸 밥상은 텅 빈 그릇뿐이었다. 밥 한톨 남기지 않고 싹싹 긁어먹었기에 설거지할 필요도 없을 지경이었다.

나는 이날 하루 한 마리 가축의 살과 피를 구했고, 화석 연료를 사용하지 않았다. 어디 그뿐인가. 뱃속에 생겨나는 가스를 적게 방출시킬 수 있게 했다. 세 부부는 최고의 밥상이었다며 입이 닳도록 아내의 솜씨를 칭찬했다.

그들은 돌아가는 길에 상추와 쑥갓, 깻잎과 고추를 한 봉지씩 가져갔다. 나는 그들이 들고 온 각각의 김장김치 맛을 근 일주일째 음미하며 식사하는 재미에 푹 빠졌다. 김장김치는 주인의 손맛과 재료에 따라 맛이 다르기에 그 맛을 보는 즐거움이 컸다.

우리 집을 찾아오는 이들은 자기 집 된장이나 간장, 고추장 또는 김치 한포기를 싸들고 오면 좋겠다. 물론 요즘 시대에 자기만의 된장과 간장을 담는 집이 흔치는 않은 일이지만……. 그래도 고깃덩어리를 사들고 오는 것보다 얼마나 낭만적이고 맛깔스러운 일인가.

욕심 많은 노인네의 배나무밭。

마을에 절이 하나 있다. 이 절의 스님은 대처승帶妻僧인데 나이가 일흔 초반으로 보였다. 법명도 모르고 속명도 몰라 마을 사람들은 그를 그냥 '배밭 스님'이라고 불렀다. 그는 귀가 멀어 보청기를 하고 살았다. 스님보다 젊은 부인은 스님이 상처한 후 새로 들어온 재취라고 했다.

스님은 이른 새벽마다 마을을 한바퀴 돌았다. 그가 지나가는 장소마다 시간대가 시계추처럼 정확했다. 나의 집 대문 앞을 지나는 때는 새벽 5시 50분이다. 그는 마을을 한바퀴 돌고 나서 절을 중심으로 주변에 펼쳐진 자신의 땅을 살폈다. 절 주위로 펼쳐진 수천 평의 밭에는 배나무가 자라고 있었다.

나는 그의 새벽 산책을 볼 때마다 그를 '욕심 많은 노인네' 정도로 여겼다. 밤새 자신의 배나무 과수원이 손을 타지는 않았는지, 울타리가 상하지는 않았는지, 들짐승이 파헤치지는 않았는지, 그런 것을 살피는 것으로 비쳤기 때문이기도 하다.

스님은 농사를 잘 지었다. 그의 농사는 마을 사람들을 부리는 것으로 시작되고 끝났다. 품삯을 주고 일을 부렸는데, 마을 사람들은 절에 소속된 신도도 아니면서 일사불란하게 일했다.

입춘立春 무렵 가지치기를 하는 것으로부터 일 년 농사가 시작됐다. 가지치기가 끝나면 두엄 주기가 이어졌다. 그리고 경운기를 이용해 밭갈이를 했다. 4월이 오면 배나무가 흰 꽃을 터뜨렸다. 흰 배꽃 바다가 출렁이는 모습은 장관이었다. 절 주변이 출렁이는 배꽃 물결로 눈부셨다.

5월이 되면 도토리만큼 자란 배의 열매를 솎아내는 일이 시작됐다. 6월이 오면 어린애 주먹처럼 커진 배에 누런 종이 봉지를 씌웠다. 과수원은 깔끔하게 정돈된 모습으로 싱그러운 초록의 생기를 선물했다. 무더위가 닥치면 하루가 다르게 돋아나는 잡초를 뽑아냈고, 장마철이면 물 빠짐이 좋으라고 고랑을 쳤다.

마침내 가을이 오면 수확을 위해 마을 주민들이 달라붙었다. 절 마당에는 황금빛 배가 쌓였다. 아낙들까지 동원돼 배를 고르고, 꼭지를 따내고, 상자에 담는 일로 마을은 가을 해가 기우는 줄도 몰랐다.

나는 여전히 스님의 풍년 농사가 썩 마음 내키지 않았다. '욕심 많은 노인'이라는 선입관 탓인지도 몰랐다. 가진 것 많은 스님이 사철 내내 마을 사람들을 부려서까지 수천 평의 배 농사를 지어 무얼 더 얻겠다는 것인지⋯⋯. 살림살이가 빠듯한 주민들을 부려먹는 재미로 자기 과시를 하는 것인지⋯⋯. 노인네의 호사스러운 소일거리 농사로 폄하했다.

배밭 스님이 살아 있을 때까지는 그랬다. 그의 죽음은 갑작스러웠다. 어느 봄날 아침 고혈압으로 쓰러진 뒤 영영 눈을 뜨지 못했다. 배나무에 새순이 돋을 무렵이었다.

장례를 치르고 얼마 지나지 않아 도시에 나가 있던 아들이 돌아와 절을 처분했다. 스님이 애지중지 가꾸던 과수원도 외지인에게 팔아버렸다. 그리고는 돈을 모두 챙겨 도시로 돌아갔다. 스님의 젊은 부인은 어디로 갔는지 덩달아 자취를 감췄다.

얼마 후 절을 사들인 늙은 비구니가 마을에 들어왔다. 나이 든 비구니가 들어오자 신도들의 발길이 뜸해졌다. 얼마 안 가 절은 죽은 듯 고요해졌다. 어쩌다 목탁 소리가 들려오기도 했지만 영 시원찮았다.

과수원을 매입한 사람은 울산에 사는 기업가라고 했다. 그는 부동산 투기가 목적인 듯 과수원을 사놓고는 한 번도 발을 들여놓지 않았다. 절을 에워싼 수천 평의 배나무 과수원은 시들시들해졌다. 봄이 와도 배나무에 가지치기를 하는 사람이 없었다. 거름을 주거나 풀을 뽑는 손길도 사라졌다. 배꽃이 피어 천지가 눈처럼 희었을 때는 그래도 옛 정취가 느껴졌다. 그러나 열매를 솎아내지도 않았고 봉지를 씌우지도 않았다. 삼복더위가 지나가면서 배나무밭에는 무성한 잡초가 불쑥불쑥 자라났다. 가을이 왔을 때, 과수원은 이름 모를 새와 날벌레들이 진을 쳤다. 서리가 내리고 나자, 떨어진 잎 사이로 검게 얼어버린 배가 흉측하게 모습을 드러냈다.

2년째 되던 해 과수원은 잡초로 뒤덮이고 말았다. 3년이 지나자 화사했던 배꽃도 자취를 감췄다. 대신 이름 모를 잡초와 뽕나무와 아카시아나무가 뒤섞여 자랐다. 도대체 이곳이 배꽃 물결로 출렁이던 과수원이었다는 것을 믿을 수가 없을 정도였다. 황무지였다.

그제야 까맣게 잊고 있던 '욕심 많은 노인'이 떠올랐다. 그의 그늘이 넓었다는 게 실감났다. 배밭 스님의 그늘 아래 마을 사람들은 일거리와 놀거리는 물론 짭짤한 수입까지 얻어온 것이었다. 그가 죽자 주민들은 이웃 마을로 일거리를 찾아나섰다. 품앗이의 즐거운 노동도 사라졌다. 그러고 보니 그의 배밭은 내가 생각한 욕심과는 다른, 나름의 보시였던 셈이다. 그의 욕심이 땅을 살리고 배나무를 살리고 마을을 살리고 주민들을 먹여살린 셈이었다. 그가 죽자 배나무도 죽고, 주민들도 예전 같은 재미를 잃고, 마을도 생기를 잃었다.

나는 지금도 어쩌다 꿈속에서 하얀 배꽃 바다를 본다. 이른 새벽 나의 집 대문 앞을 지나가던 그의 모습도 본다. 저만큼 밭둑에 서서 출렁이는 배꽃 바다를 살피던 잿빛 승복과 밀짚모자가 보이는데, 어디선가 무심하게도 개 짖는 소리가 들린다.

쉬면 되니까, 흙길.

집짓기가 끝나자 골목길이 문제였다. 마을의 진입로부터 시멘트 포장길이 이어지다가 나의 집으로 올라가는 언덕길 삼거리부터는 흙길이었다. 시골 흙길은 운치도 있고 친환경적이라 좋다. 그러나 비라도 내리는 날이면 붉은 황토가 윤활유처럼 미끌미끌거렸다. 그뿐 아니었다. 이곳의 황토는 어찌나 찰진지 신발 밑창에 들러붙었다 하면 떨어질 줄을 몰랐다. 찰진 황토가 계속 들러붙다 보면 신발 밑창이 반죽처럼 불어올라 돌덩어리를 매단 듯 무거워진다. 맑은 날은 흙길을 걷는 일이 낭만이지만 비가 내리는 날은 악몽으로 변한다. 비 오는 날이면 승용차가 아예 언덕길을 올라가지 못한다. 자칫 잘못하다 진흙 구덩이에 빠져 헛바퀴라도 돌게 되면 낭패다.

고민 끝에 언덕 위로 이어지는 30미터 흙길에 콘크리트 포장을 하기로 결정했다. 포장 작업은 집을 지은 건축업자가 맡았다. 레미콘이 도착하면 언덕 위 대문에서 아래쪽으로 포장을 해나갈 참이었다.

흙길을 포장한다는 소문을 들었는지 웬 농부가 찾아왔다. 키가 크고 둥근 눈동자가 유별나게 튀어나온 그는 언덕길로 이어지는 삼거리를 지나 뒷산 밭에서 농사를 짓고 있었다. 집을 짓는 동안 경운기를 몰고 흙길을 따라 종종 이 언덕을 넘나들던 농부였다.

농부는 나의 집으로 올라오는 언덕길과 밭으로 이어지는 삼거리 샛길에서 건축업자와 실랑이를 벌였다. 두 사람의 목청은 점점 커지더니 급기야는 한바탕 싸움이 벌어진 듯 소란스러워졌다.

농부는 삼거리 흙길을 콘크리트로 포장하기 전에 땅 밑에 토관을 묻어야 한다고 주장했다. 큰 비가 내리거나 장마가 지면 산속의 불어난 물이 한꺼번에 쏟아져내려 이곳 샛길이 물길로 변하기 때문에 삼거리에 토관을 묻어 길 위로 흙탕물이 흘러넘치는 것을 방지해야 한다는 것이었다. 농부는 고압적이었다. 자기 말을 듣지 않으면 좋지 않을 것이라며 은근히 겁을 주기도 했다.

건축업자도 만만치 않았다. 농부의 요구가 어림도 없는 소리라며 일축했다. 지금도 비가 오면 그냥 이대로 물이 잘 빠지는데 굳이 대형 토관을 묻을 필요가 없다고 맞섰다. 토관을 묻으려면 비용이 꽤 들었다. 굴착기를 불러 땅을 파내야 하고 읍내 자재상에서 토관을 사와야 했다. 게다가 반나절 인건비까지 추가로 지불해야 했다.

나는 두 사람의 실랑이를 지켜보며 농부가 욕심을 부린다고 결론을 냈다. 지금껏 흙길로도 경운기를 몰고 다니며 농사를 잘 지어오지 않았던가. 외지에서 들어온 사람이 집을 짓고 골목길을 포장한다니까 자기 편의를 위해 무리한 요구를 하는 것으로 보였다.

"정 그렇게 필요하다면 당신이 토관을 사오든가! 굴착기를 직접 부르든가!"

건축업자의 논리도 맞았다. 촌사람 무섭다더니, 아예 거저먹으려는 것 아닌가.

농부는 그래도 물러서지 않았다. 해가 서산 가까이 서너 뼘을 남길 때까지 삼거리 흙길에 서서 고집을 피웠다. 건축업자는 토박이가 괜히 텃세를 부린다며 일축했다. 형편없는 마을 흙길을 집주인이 자비로 포장을 해준다면 고맙다는 인사를 해야지, 밤 놔라 대추 놔라 간섭한다며 화를 냈다.

결론은 건축업자의 승리였다. 건축업자가 못하겠다고 버티자 농부도 해거름에서야 손을 들고 돌아갔다. 농부가 제 돈을 들여 토관을 사다줄 리 없었다. 농부는 삽을 둘러메고 돌아서면서 욕설과 함께 경고하듯 장담했다.

"후회하지 마라!"

콘크리트 포장이 끝나고 언덕길이 깨끗하게 정리되고 나서 이사를 했다. 진흙 골목길은 이제 옛이야기가 됐다. 신발 밑창에 흙 한점 붙이지 않고도 집을 오갈 수 있었다. 승용차도 편리하게 오르내릴 수 있었다.

이사를 마치고 나자 곧 남쪽 하늘에서 먹구름이 올라왔다. 장마가 닥쳐 어느 날 폭우가 한바탕 쏟아지고 났을 때, 농부의 경고하는 목소리가 떠올랐다.

'후회하지 마라!'

폭우가 쏟아진 날 아침, 마당에 나왔다가 계곡물 소리에 놀라 언덕길을 내려갔다. 골목길 삼거리는 산 쪽에서 밀려내려오는 황토물에 잠겨 있었다. 거센 물살이 쏜살같이 내려갔다. 불어난 물길 위로 사람이 걸어갈 수가 없었다. 승용차도 마찬가지였다. 자칫 거센 물살이 엔진룸까지 덮칠 수도 있었다.

비가 그치고 한나절이 지나서야 물살이 느려졌다. 흘러내리는 황토물도 줄어들었다. 눈 깜짝할 사이였다. 멀쩡하던 삼거리 길이 한순간 거친 물길로 바뀐 것이다. 농부의 경고는 적중했다.

그날 이후 장마철이나 집중호우가 쏟아지는 날이면 눈알이 불룩 튀어나온 덩치 큰 농부 생각을 한다. 고압적이고 억지스런 주장은 그의 투박한 성질 때문이지 본심은 아니었다. 오랜 세월 지켜본 그의 판단이 옳았다.

농부의 경운기가 삼거리 길을 따라 올라오는 소리가 들린다. 농부는 이곳이 흙길이었을 때나 포장길로 바뀐 지금이나 변한 것이 없다. 변한 것은 편리하자고 흙길을 시멘트길로 바꾼 낯선 이방인인 나다. 농부는 폭우가 내리는 날이면 언덕길을 올라오지 않았다. 농부에게 장마철은 휴식 기간이다. 그러나 나는 비가 쏟아져도 물길을 건너야 하는 전천후 직장인이다. 전천후는 참으로 한심한 동물이다.

시멘트길이 물길로 변하는 날이면 수백 년 이어온 흙길을 상상한다. 비가 오면 쉬고 쾌청하면 나서는 길이다. 나는 그 흙길을 365일 하루도 쉬지 않고 딛겠다며 시멘트를 발라버렸다.

두렵도록 예쁜 수국.

여름이 오면 마당은 온통 수국으로 뒤덮인다. 수국을 좋아하는 아내가 갖가지 수국을 심어놓았기 때문이다. 수국은 꽃송이가 아름답기도 하지만 꽃잎이 머금은 색이 몽환적이다. 종자마다 빛깔이 다르고 토양에 따라 꽃잎의 색도 변한다. 그러다 보니 갖가지 색을 지닌 수국이 꽃을 피우기 시작하면 마당은 화가의 아틀리에 처럼 색으로 가득 찬다.

수국 가운데 내가 가장 좋아하는 색은 블루다. 투명한 유리병에 파란 잉크를 한 방울 떨어뜨렸을 때 화사하게 번지는 빛깔이다. 청순하고 맑은 파란색은 마음을 평화롭게 한다. 순백의 수국도 파란색 못지않게 매력적이다. 가장 흔한 수국꽃은 분홍이다. 그러나 분홍색 수국도 찬찬히 들여다보면 황홀하다.

수국꽃의 매력은 무수히 많은 꽃잎이 한 덩어리로 뭉쳐 피어나는 데 있다. 촘촘히 박혀 있는 꽃잎 하나하나가 큰 다발을 이루는데, 가까이 들여다보면 저마다의 꽃잎이 얼마나 여리고 섬세한지 모른다. 꽃잎이 머금은 색은 사람의 솜씨로 낼 수 없는 것이다. 그것은 신의 손길이 스쳐간 자국이다. 멀리서 보면 둥근 꽃다발이 하늘에 떠 있는 낮달처럼 창백하다. 수국꽃을 볼 때면 우주를 생각한다. 하나의 세상이 그 속에 있다. 모든 것을 품어안을 수 있는 여인의 젖가슴 같기도 하다.

어느 해인가 시골집에서 홀로 지낼 때였다. 낮에는 직장 때문에 집을 비우는데도 아침에 일어나보니 수국꽃이 저 홀로 잘도 피어나 있었다. 퇴근을 해서야 마당으로 나와 밤늦도록 수국을 보았다. 달빛 아래 드러난 색이 낮에 보는 꽃과는 색다른 느낌을 주었다. 달빛에 비친 수국꽃에게 낮 동안 함께하지 못하는 미안한 마음을 전하고는 했다.

주말이 오면 실컷 감상할 수 있었다. 파란색 흰색 붉은색 분홍색…… 마당은 다투어 피어난 수국꽃송이로 가득했다. 혼자 보기가 아까웠다. 저절로 카메라가 손에 들린다.

햇볕은 뜨거웠다. 공기는 습하고 사방은 고요했다. 나의 숨소리조차 들리지 않을 정도였다. 카메라의 렌즈를 맞추며 갖가지 색의 자태를 찍다가 가느다란 나뭇가지 하나가 꽃잎에 걸쳐진 것을 보았다. 내가 가장 좋아하는 파란색 수국꽃송이였다.

카메라를 내려놓고 나뭇가지를 치우려다 놀라 뒷걸음을 쳤다. 파란 꽃송이에 떨어진 나뭇가지는 초록색 어린 꽃뱀이었다. 어린 뱀은 파란 수국꽃송이가 다투어 피어난 곳에 태연자약 누워 있었다. 초여름 햇빛에 꽃과 뱀이 반사돼 눈부셨다. 은은하게 풍기는 꽃향기가 습기를 머금어 한층 짙었다.

녀석은 꽃향기에 취해 잠든 것인지 나를 눈치 채지 못하는 것 같았다. 탐스러운 꽃송이에 길게 드러누워 따사로운 햇빛에 몸을 말린다. 손가락 굵기의 어린 뱀이지만 내 살갗에 소름이 돋았다. 뱀이 꽃을 좋아한다는 소리는 들었지만 실제로 본 것은 처음이었다. 더구나 내가 가장 좋아하는 파란색 수국꽃을 뱀이 차지할 줄은 몰랐다. 화가 천경자가 즐겨 그린 원색의 강렬한 꽃과 뱀 그림이 떠올랐다.

세상은 여전히 고요했다. 태양이 눈부신 휴일 한낮은 시간이 멈춘 듯했다. 홀로 사는 시골집은 적막하고 때론 그림 속 풍경처럼 생경하기도 했다. 멀리서 교회 종소리가 들려왔다. 개 짖는 소리도 들렸다. 원죄에 사로잡힌 사람처럼 무서웠다. 뜻 모를 불안이 슬그머니 들러붙었다. 나는 소름 돋은 팔을 문지르다 말고 뒤

뜰로 달려가 긴 대나무 장대를 들고 나왔다. 향기와 빛에 취해 파란 꽃 위에 누워 있는 뱀을 슬그머니 들어올렸다. 꿈틀! 뱀이 대나무에 감겼다. 뱀이 감긴 장대를 담장 너머 풀밭으로 돌렸다. 무의식적으로 대나무를 흔들었다. 떨어지지 않으려고 버티던 어린 뱀이 툭 떨어졌다. 담장 너머 초록 풀밭이었다. 어린 뱀은 꾸불꾸불 제 몸을 휘돌리며 풀밭을 달렸다.

나의 가슴은 여전히 진정이 되지 않고 떨린다. 왜 두려운 것인가, 무엇이 불안한 것인가. 뱀일까, 꽃일까. 초여름 하늘을 올려다본다. 수국꽃잎보다 파란 하늘은 더 말이 없다. 처음도 없고 끝도 없는 그곳에는 사념이 없다. 혼돈의 마당에 서 있는 나뿐이다.

어린 뱀은 내가 집을 나선 뒤 빈집이 되면 스르르 담장을 넘어와 파란 수국꽃송이를 독차지하고 노는 건지도 모른다. 내가 좋아하고 어린 뱀도 좋아하는 파란 수국꽃. 아주아주 예뻐서 두렵고 불안한 수국꽃이 만발했다. 고요한 초여름 한낮에.

수국 꽃잎은 은하銀河 같아서 자꾸만 모아두고 싶어진다.
가만 두면 흩어져 날아가 우주 여기저기에 박힐지 모르니까.
내가 시골집 마당에 수국을 키우는 이유다.

비와 수국은 여름이 주는 선물 가운데 최고다.
장마가 오면 수국은 생기발랄해져
잎사귀와 꽃잎이 구름 아래서도 반짝거린다.
빗줄기가 후두둑 떨어지기 시작하면 둘은 장단을 맞추어 춤을 춘다.
빗소리와 수국의 탱고는 일 년에 한두 번 볼 수 있는 희귀한 공연이다.

빨간 신호등의 안부.

　사람들은 그를 '동걸이'라고 불렀다. 나이는 20대 중반이라고
도 했고 40대라고도 했다.
　내가 처음 동걸이와 마주친 것은 늦여름 오후였다. 그와 마주
쳤을 때 너무 놀라 콩닥거리는 내 심장 소리가 들릴 정도였다. 집
에서 30여 킬로미터 떨어진 도시로 볼일을 보러 나갔다가 돌아오
는 길이었다. 자동차 한 대가 겨우 다닐 수 있는 시골 마을 골목길

을 따라 운전을 하고 있었다. 빈 기와집 돌담길을 막 돌아서는데, 느닷없이 웬 남자가 나타나 차 앞을 가로막았다. 깜짝 놀라 급히 브레이크 페달을 밟았다.

처음 보는 사람이었다. 그간 웬만한 동네 사람들은 면을 익혀온 터였다. 그가 길 복판에 멈춰 승용차를 막아선 것만으로도 놀랄 일인데, 더욱 가관인 것은 얼굴이었다. 평생 세수하는 법을 모르고 살아온 사람처럼 누런 땟국이 흐르고, 녹아내리는 아이스크림 같은 침이 턱 아래로 뚝뚝 떨어지고 있었다. 턱에서 떨어진 침이 가슴을 적셨다. 머리를 빡빡 밀었지만 부스럼이 생겨 군데군데 진물이 흘렀다. 생긴 그대로가 바보였다.

나는 골목에 차를 세운 채 그가 길 옆으로 비켜서기를 기다렸다. 그러나 그는 제자리에 멈춰서서 움직일 줄 모른 채 승용차 앞 유리로 나를 골똘히 들여다보았다. 어항에 들어 있는 금붕어를 구경하듯, 차에 들어 있는 나를 호기심 넘치는 눈으로 빤히 바라보고 있었다. 기분이 상했다. 차를 막아선 것도 모자라 이제 승용차의 탑승자를 호기심 가득하게 살피는 꼴이라니!

나는 그가 정상이 아니라는 사실을 눈치 채고서야 창을 내려 목을 내밀었다. 미소를 지어 보이며 말을 건넸다.

"조금만 비켜주세요! 미안합니다."

그는 아무런 반응을 보이지 않았다. 의사소통이 불가능했다. 커다란 눈만 멀뚱멀뚱 움직이며 승용차에 갇힌 한 마리 금붕어를 바라볼 뿐이었다. 이대로라면 몇 분, 아니 몇 십 분이라도 마주 보고 서 있어야 할 것만 같았다. 나는 차에서 내려 그를 골목 옆으로 비켜서게 할 요량으로 다가갔다가 기겁을 하고 말았다. 그의 몸 어느 곳 하나 손을 댈 수 없을 만큼 더러웠다. 얼굴과 목, 가슴이 흘러내린 침과 땀으로 범벅이 돼 악취가 코를 찔렀다. 웃옷은 땀과 침에 젖어 걸레 같았다.

낭패에 빠져 쩔쩔매는데 마침 늙은 엄마가 달려왔다.

"아이고! 그새 또 나왔구나!"

엄마가 아들의 손을 덥석 잡고는 길가로 끌어냈다. 엄마의 손에 붙들려 더듬더듬 물러난 그는 승용차가 지나갈 때까지도 한 마리 커다란 금붕어에게서 눈길을 떼지 못했다. 엄마는 아들의 손을 꼭 잡고 있다가 마치 첫 걸음마 하는 어린애 다루듯 좁은 골목을 따라 집으로 향했다.

그날 이후 그 남자의 별명은 '빨간 신호등'이 됐다. 그가 골목 길에 나타나기만 하면 꼼짝없이 승용차를 세운 뒤 물러나기를 기다려야 했으니까. 영락없는 빨간 신호등이었다.

그날 밤 잠자리에 들었다가 땡감이 떨어지면서 지붕을 때리는 소리에 깨어났다. 잠을 깨자 생뚱하게도 낮에 골목길에서 마주친 '빨간 신호등' 생각이 났다. 몇 살일까. 왜 바보가 된 걸까. 교통사고라도 당한 걸까. 태어날 때부터 장애였을까. 약을 잘못 먹고 그리 된 것일까. 그의 손을 잡고 집으로 향하던 늙은 엄마의 얼굴도 떠올랐다.

언제부터인가 '빨간 신호등'이 보이지 않았다. 여름이 가고 차가워진 밤하늘에서 찬 이슬이 내릴 때였다. 종종 골목길에서 마주치던 '빨간 신호등'이 보이지 않자 은근히 걱정이 됐다. 시골 마을 골목길의 교통신호수 '빨간 신호등'이 사라지다니! 환절기에 감기 몸살을 앓는 것인가. 아니면 병원에 입원이라도 했나.

나는 그의 행방에 대해 마을 어른들에게 물어보려다 그만뒀다. 지난 추석에 가족 회의를 열어 '빨간 신호등'을 복지 시설에 보냈을 수도 있다. 어느 날 갑자기 심장 발작이 일어나 숨졌을 수도 있다. 모든 것이 궁금했다. 그러나 마을 사람 누구도 사라진 '빨간 신호등' 이야기를 입 밖에 내지 않는다. 그는 어디로 사라진 것일까? 사람은 저마다 타고난 운수가 있는데 '빨간 신호등'은 자기가 누구인지도 모르다가 사라진 것이다.

시골 사람들에게 가을밤은 유난히 쓸쓸하다. 풀벌레가 울고 달이 뜨는 밤이면 문득 지난여름을 돌아보며 한숨지을 때가 있다. 추수철이 다가와 풍요롭지만 풍요 속에 도사리고 있는 고독이 볏단에 숨은 쥐처럼 가슴을 조마조마하게 하기 때문이다.

그해 가을 달이 유난히 밝던 어느 날 밤, 마당에 깔린 흰 달빛을 밟으며 '빨간 신호등'을 떠올렸다. 바보를 낳은 죄로 평생 동안 엄마의 마음에 곪아 있을 상처가 아물기를, 그의 영가靈駕가 있다면 지혜의 갑옷을 입혀주기를, 다음 생애에서는 반짝이는 눈동자와 빛나는 얼굴로 태어나 골목길을 쓸기를, 경운기로 밭을 갈기를, 이장이 되어 노인들을 수발할 수 있기를……. 그런 복을 내려달라고 읊조리다가 오싹한 기운이 뻗쳐오는 바람에 머리카락이 바짝 서버렸다. '빨간 신호등'의 영가가 찾아온 것인가?

차가워진 바람에 진저리를 친다. 방 안으로 들어와 이불을 푹 뒤집어쓴다. 창문으로 흰 달빛이 비쳐든다. 방바닥은 따뜻한데 오한이 들어 춥다.

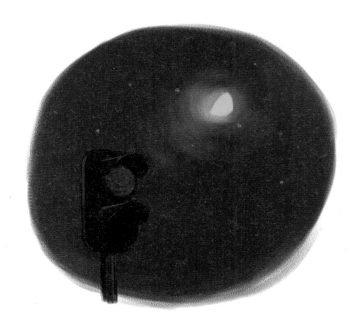

요
강
할
머
니
。

    나는 할머니의 이름을 알지 못한다. 정확한 나이도 모른다. 팔순을 훌쩍 넘긴 노인들과 대화를 나눈다는 것부터가 내게는 멋쩍은 일이었다. 그저 오고 가다 마주치기라도 하면 "안녕하세요?" 하고 인사하는 것이 전부였다. 그러면 할머니는 나를 뚫어져라 바라보면서 "누군고? 첨 보는 사람이네." 하고 궁금해했다. 늘 인사하는 나건만 할머니는 그때마다 '처음 보는 사람'이라고 했다.

그런 노인들에게는 김말분, 박순례, 윤순이…… 등의 흔한 실명보다는 각자가 지니고 있는 특징을 떠올려 작명한 은어隱語가 훨씬 좋았다. 어느 때부터인가 우리 가족은 외모와 신체의 특징, 그만이 지니고 있는 특별한 행동 따위를 관찰해 적당한 이름을 붙여 부르기를 즐겼다. 안소니 퀸 할아버지, 똘배 할아버지, 웃는 할머니 등등. 당사자들은 전혀 알지도 못하는 애칭을 붙여 스파이들의 암호명처럼 소곤거렸다.

그 할머니의 애칭은 '요강 할머니'였다. 할머니 집의 열린 대문 너머 수돗가에 늘 사기 요강이 놓여 있기에 붙인 이름이다. 요강 할머니 집은 동네 입구에서 마을 뒷산으로 향하는 골목을 따라 올라가는 길에서 정면으로 마주치는 낡고 추레한 옛집이었다. 열 평 남짓한 기와집으로 옛날에는 초가집이었던 것을 새마을운동 때 모두 걷어낸 뒤 기와를 올린 듯했다.

요강 할머니 집의 낡은 양철 대문은 하루 종일 열려 있다. 그 때문에 수돗가에 올려놓은 하얀 사기 요강이 유난히 눈에 띈다. 골동품이나 진배없는 사기 요강은 낮에는 햇빛을 받아 눈부시고, 밤이면 골목 가로등 빛을 받아 반짝이곤 했다.

퇴근길 집으로 돌아오는 길이면 저만치 열린 대문 너머 수돗가에 뒤집어놓은 요강이 보인다. 사기 요강을 볼 때면 할머니가 한밤중에 은밀하게 쉬하는 모습이 떠올라 절로 웃음이 나왔다. 할머니는 물 절약가이자 환경 운동가이기도 했다.

요강 할머니 집은 깨끗해서 기분이 좋다. 굽은 허리를 펴지 못하면서도 한시도 가만 있지를 않는다. 걸음걸이도 시원찮아 어떤 때는 담벼락을 붙잡고 걸어가면서도 호미를 들고 골목 도랑에 들어가 풀을 뽑고 쓰레기까지 치워낸다. 대문 옆 빈 땅조차 상추를 심거나 파를 심어 놀리는 법이 없다. 도랑둑에는 꽃씨를 뿌려 가을이 오면 맨드라미꽃이 수탉의 붉은 벼슬처럼 자태를 뽐낸다. 요강 할머니 집 반경 수미터는 더러워질 틈이 없다. 늘 정갈했다.

할머니는 쪼작걸음을 걷는다. 두 발을 쪼작쪼작 내딛다 보니 느리다. 느리지만 정상인보다 더 정확하다. 집에서 경로당까지 걸어가는 데 10분이면 충분하지만 요강 할머니의 쪼작걸음으로는 30분이 걸린다. 그래서 할머니는 30분 전에 대문을 나선다. 결국 경로당에 도착하는 시간은 걸음이 정상인 할머니들과 똑같다.

요강 할머니가 어느 날 사라졌다. 할머니가 사라지고부터 양철 대문도 닫혀버렸다. 마을 사람에게 묻자 부산에 있는 아들이 모셔갔다고 했다. 시골에 남아 혼자 사는 것을 보다 못한 아들이 도시의 편리한 아파트로 모셔갔다는 것이다. 섭섭했다. 한편으로는 걱정이 됐다. 요강 할머니가 도시의 고층 아파트에서 잘 견딜 수 있을지. 무엇보다 활짝 열린 대문 너머로 하얗게 빛나던 골동품 사기 요강을 볼 수 없어진 것이 아쉬웠다.

대문이 다시 열리고 요강이 보인 것은 그 후 일주일이 지나서였다. 퇴근길 골목에 들어섰을 때 요강 할머니 집 창문에 노란 백열등을 환히 켜놓은 것이 보였다. 그러면 그렇지! 도시는 할머니가 살 곳이 못 된다. 마음이 놓이면서 반가웠다.

할머니가 다시 사라진 것은 그 후 얼마 못 가서였다. 늦가을 첫서리가 내린 날이었다. 앰뷸런스가 요강 할머니 집 앞에 서 있었다. 할머니에게 무슨 일이 일어난 것이 분명했다. 차에서 내려 달려가보니 진풍경이 벌어지고 있었다. 부산에 있는 의사 아들이 어머니의 건강 상태가 좋지 않다는 마을 이장의 전화를 받고는 아예 할머니의 거처를 옮겨갈 작정을 하고 앰뷸런스를 끌고 내려온 것이었다.

"못 간다! 난 못 가!"

요강 할머니는 수돗가 요강 곁에 주저앉아 고집을 부렸다. '안 가는' 것이 아니라 '못 가는' 심정이라니! 할머니를 못 가게 만드는 인위적인 장벽은 무엇일까. 할머니에게는 도시라는 콘크리트 장벽이 도저히 넘을 수 없는 경계인 것이 분명했다. 아들은 남과 북을 갈라놓은 휴전선과 다를 것 없는 시골과 도시의 경계선을 넘으라는 것이다. 마을 이장과 이웃들도 곧 닥칠 겨울 추위와 할머니의 건강이 걱정스러운 것인지 아들 편이다.

서너 시간을 버티던 할머니는 결국 아들 고집에 마을 사람들까지 가세하자 마지못해 앰뷸런스에 올랐다. 위험천만한 도시의 장벽을 넘어야 한다니……. 할머니의 눈가에 눈물이 맺혔다. 캄캄한 동굴 속 앰뷸런스의 간이침대에 걸터앉은 할머니의 꼬부라진 허리가 유난히 가늘다. 할머니가 마당에 모여든 친구 할머니들을 향해 손을 내저으며 운다. 나무껍질 같은 손등으로 눈물을 훔치며 마을의 오랜 친구들을 바라본다. 쭈글쭈글한 손이 연근처럼 거칠다. 웃을 때 벌어지는 합죽이 입술이 울 때도 벌어진다.

그날 이후 요강 할머니 집의 양철 대문이 다시 닫혔다. 할머니가 도시의 장벽을 넘어간 그해 겨울은 몹시 추웠다. 겨우내 대문은 꼭 잠겨 있었다. 대문 너머 수돗가에 홀로 놓여 있을 요강이 보고 싶었다. 퇴근길 골목에 접어들기 무섭게 할머니 집 방문으로 눈길을 던진다. 노란 불빛은 없다. 검은 장막을 드리운 유령의 집이다. 겨울이 지나고 봄이 오면 다시 돌아오시겠지. 닫혀버린 양철 대문 앞을 지나올 때면 가슴이 아렸다.

대문 앞에 노란 민들레가 피었다. 얼마 후 뒤란에 배꽃이 피었다. 배꽃이 지고 골목길에 아카시아 향기가 진동했다. 시간이 흘러도 요강 할머니 집 대문은 열리지 않았다. 대문 안에서 홀로 겨울을 보낸 요강은 잘 있는지, 수돗가에 요강을 두고 떠난 할머니는 무고한지……. 벌써 3년이 지났다. 요강 할머니 집 양철 대문은 열리지 않는다.

장가든 진진이。

시골의 가을 저녁은 풍요롭지만 약간 지친 기색이었다. 낮 동안 강렬한 태양을 쬔 식물들이 서늘해지는 기온에 움츠러드는 탓이다. 추석을 앞둔 어느 날 저녁 풍경이 그랬다.

그날 저녁 낯선 사내가 찾아왔다. 파수꾼 진진이가 대문 밖의 이방인을 향해 짖어댔다. 마당에 나가보니 꽁지머리에 턱수염이 염소처럼 생긴 남자가 꾸벅 인사를 한다. 꽁지머리 옆에는 하얀 털이 보송보송한 암캐 한 마리가 서 있다. 이 마을에서 처음 보는 사람이었다.

"누구세요?"

경계심을 늦추지 않고 다가갔다.

꽁지머리가 해죽해죽 웃으며 함께 데려온 개를 가리켰다.

"이놈이 발정을 했는데요, 마땅한 종자가 없어서……."

꽁지머리는 자기 개가 혈통 있는 진돗개라고 자랑하며, 새끼를 낳으면 한 마리 주겠노라는 약속까지 했다.

"죄송하지만, 우리 개는 종견種犬으로 키운 개가 아니라서, 그냥 돌아가세요."

나는 쌀쌀맞게 대답했다. 나의 집 마당에서 견공들의 사랑 놀음을 보고 싶지가 않았다. 무엇보다 집에 있는 사춘기 딸과 아내 보기가 민망스러워 그냥 돌려보내기로 마음먹었다.

"아니, 어려운 일도 아닌데 왜 그러십니까, 사장님! 나중에 잘생긴 새끼 한 마리 드리겠습니다."

사내는 선뜻 이해가 안 된다는 표정을 지었다. 시골 사람들은 암캐가 발정을 하면 훌륭한 종견을 찾아내 교미시키는 것을 당연한 일로 알고 있다. 나는 그걸 부정하는 셈이었다. 하긴 옛날에는 굳이 주인이 발정한 자기 집 암캐를 끌고 이 집 저 집 종견을 찾아나설 일이 없었다. 모든 개들이 자유의 몸이다 보니 암캐가 발정이라도 하면 온 동네 수캐들이 그 집 마당으로 모여들었다. 마당은 물론 골목까지 수캐들로 북새통을 이뤘다.

암컷을 차지하기 위한 싸움이 시도 때도 없이 벌어졌다. 별 볼일 없는 수캐들은 힘센 개에게 형편없이 물어뜯겼다. 격렬한 싸움으로 귀가 찢어져 붉은 핏물이 뚝뚝 흐르기도 했다. 물린 뒷다리를 절룩거리며 집으로 돌아가는 불쌍한 개도 있었다. 암캐를 차지한 종견도 하루 종일 암캐를 지키고 있을 수는 없는 법이었다. 홀쭉해진 배를 채우려 잠시 자리를 비운 동안 호시탐탐 노리고 있던 다른 수캐가 얼른 덤벼들어 사랑을 나누고는 도망치는 일도 비일비재했다.

낯선 사내의 손에 끌려온 발정한 암캐를 가만 살펴보았다. 하얀 털이 곱게 뒤덮인 순종 진돗개가 분명했다. 오뚝한 콧날에 기름이 흘렀다. 검은 눈은 짙은 쌍꺼풀 때문인지 온순해 보였다. 녀석은 좀 쑥스러운지 딴청을 피우듯 눈길을 먼 산으로 향했다. 불쌍했다. 배필을 구하지 못해 주인 손에 이끌려 이곳까지 찾아오다니……. 나는 절충안을 냈다.

"듣고 보니 사정이 딱하긴 한데 오늘은 안 돼요. 또 집에서는 안 되니까 나중에 내가 우리 개를 끌고 나가지요."

꽁지머리 사내가 머리를 굽히고 꾸벅 인사를 하더니 다음에 다시 오겠노라며 돌아갔다. 나는 꽁지머리 사내가 다시 찾아오면 식구들 몰래 진진이를 대문 밖 은밀한 대숲길로 데리고 나갈 생각이었다.

추석 연휴가 끝나는 날이었다. 고향을 다녀온 가족들과 이른 저녁 식사를 막 끝냈을 때였다. 주인을 부르는 소리가 들렸다. 파수꾼 진진이가 낑낑대는 소리가 들렸다. 밖으로 나가보니 꽁지머리 사내가 열린 대문으로 마당까지 들어와 나를 부르고 있었다. 아뿔싸! 대문을 잠그지 않은 것이 실수였다.

"나가요! 나가라니까요!"

"나가라고요? 사장님, 약속이 틀리잖아요."

"글쎄, 밖에 있으면 내가 우리 진진이를 데리고 나간다니까요!"

그러나 진진이가 그사이 자기 곁에 다가온 암캐를 그냥 바라보고만 있을 리 없었다. 내가 다가가기도 전에 일이 벌어지고 말았다.

"죄송합니다, 사장님. 이놈이 그새를 못 참아 가지고 일이 이렇게 됐네요. 죽을 죄를 졌습니다요, 사장님."

꽁지머리 사내가 머리를 벅벅 긁어댔다. 염소수염을 한차례 매만진 사내가 변명을 늘어놓는다. 그날 돌아간 뒤 이튿날 곧바로 오려고 했는데 추석 명절이라 그럴 수가 없었노라고 했다. 더 지체했다가는 발정기가 끝날 것 같아 연휴가 지나자마자 염치 불구하고 찾아온 것이었다. 사내는 내년 봄에 새끼를 낳으면 가장 튼실하고 잘생긴 강아지를 한 마리 갖다주겠노라며 히죽 웃는다.

내게는 강아지가 중요한 것이 아니었다. 아내와 딸 보기가 민망했다. 나는 당장 수돗가로 달려가 양동이 가득 찬물을 퍼다가 두 마리 개를 향해 퍼부을까 생각하다가 참았다. 시골 마을에 살면서 괴팍한 개 주인 소리를 듣고 싶지는 않았다. 꽁지머리 사내는 싱글벙글 웃음 띤 얼굴로 자기 집 암캐가 순종 진돗개라고 자랑한다. 그러니 너무 괄시하지 말라는 뜻이다.

뽀얀 털에 때 하나 묻지 않은 암캐는 여전히 딴청을 피우고 있다. 먼 산을 바라보고 있다. 가을 저녁의 서늘한 바람이 암캐의 검은 눈동자를 쓸고 갔다. 서산에 걸린 해가 저녁놀을 만들고 있다. 암캐는 눈이 부신지 몇 차례 눈을 깜박댄다. 눈초리를 따라 투명한 눈물이 맺힌다.

꽁지머리 사내가 몇 차례나 허리를 굽혀 인사했다. 암캐를 데리고 언덕 골목길을 내려가는 '개 사돈'이다.

"우리 진진이도 순종이요. 잡종 개는 만들지 마쇼!"

이슬을 머금어 눅눅해진 땅거미가 들판을 따라 성큼성큼 다가오고 있다. 진진이는 어둑해질 때까지 골목길에서 눈길을 떼지 못한다. 가로등이 불을 밝힌 한밤중에도 꽁지머리 사내가 돌아간 골목길만 바라보고 있다. 그날 밤 골목길은 바람이 유난했다. 대나무 숲이 밤새 사락사락 소리를 놓지 않는다. 진진이가 장가를 든 날이다.

허깨비.

옆집 아저씨가 지난밤 '헛것'을 보았다고 했다. 초여름 밤공기를 쐬려고 마당에 나왔다가 화단 너머 샛길에서 불현듯 나타난 허깨비를 본 것이다.

"헛것? 그럼 귀신이라도 봤다는 거야?"

나는 흥미롭기도 하고 궁금하기도 해서 아내에게 물었다.

"귀신은 무슨 귀신! 그냥 헛것을 봤대요."

아내는 허깨비와 귀신이 다르다고 믿는다. 귀신의 존재를 애써 인정하고 싶지 않은 듯했다. 그런데 옆집 아저씨가 본 것이 허깨비인지 귀신인지에 대해서는 명확하지 않았다.

그가 헛것을 본 것은 밤 10시쯤이라고 했다. 고즈넉한 밤이 좋아서 마당에 나와 이리저리 걸어다니는데 갑자기 등줄기가 싸늘해지더라는 것. 기분이 이상해서 돌아봤더니 웬 여자가 뒷산으로 이어진 마당 가장자리 샛길에서 서성이더라고 했다.

"그래서 어떻게 됐대?"

"어떻게 되긴! 혼비백산해서 집 안으로 달려들어왔대요. 그런데 아줌마가 보니까 아저씨 얼굴이 백지장처럼 하얗더래요."

"헛것을 보긴 본 모양이네."

"한밤중에 소복 같은 흰옷을 입은 여자가 소리도 없이 불쑥 나타났으니 얼마나 놀랐겠어요. 나도 무서워서 이제 밤이면 마당에도 못 나가겠네."

아내가 진저리를 친다. 아내도 기가 약해 겁이 무척 많다.

옛 어른들은 사람이 기氣가 약해지면 없는 것이 있는 것처럼 보이는데, 그것이 '헛것' 또는 '허깨비'라고 했다. 술에 취한 나무꾼이 밤새 도깨비와 씨름을 벌인 뒤, 넘어진 도깨비를 전봇대에 꽁꽁 묶어놓고 집에 돌아왔다가 이튿날 아침 생각이 나서 달려가 보니 낡은 빗자루가 묶여 있었다는 이야기를 들은 기억이 아득하다. 술에 거나하게 취한 나무꾼은 아무것도 없는 것을 있는 것으로 보고 씨름을 벌인 것일까.

나는 잠이 오지 않아 마당의 별빛을 밟고 다녀도 흔한 쥐새끼 한마리 보지 못한다. 달빛에 드러난 갖가지 풀과 꽃들이 한들거리는 모습만 보일 뿐이다. 이처럼 평화로운 시골집 마당에 난데없는 허깨비, 아니 귀신이라니!

일주일쯤 지난 어느 날 아내가 또다시 옆집 아저씨 이야기를 꺼냈다. 헛것을 또 봤는가? 나는 이러다가는 옆집 식구들이 무서워 못 살겠다며 이사라도 나갈까 봐 걱정이 됐다. 옆집 아저씨 이야기를 꺼낸 아내가 흘러나오는 웃음을 참느라 입을 꽉 다문 채 볼을 갈랐다. 허깨비 얘기를 하면서 웃는 것이 이상했다.

"자라 보고 놀란 가슴 솥뚜껑 보고 놀란다고 하잖아요! 어제는 자정이 가까운 시간에 집으로 오는데 헤드라이트에 비친 골목길이 으스스하더래요. 달빛에 비친 배나무 이파리와 담장 위에 뒤엉킨 호박 넝쿨 이파리가 유령처럼 움직이더래요."

아내의 이야기는 계속됐다. 헤드라이트 줄기가 골목길을 따라 돌아 과수원 옆의 묵은 풀밭을 휙 스쳐가는데, 그때 그 헛것이 보인 것이었다. 소복을 입은 여자가 산발한 머리카락을 하고 나타나자 아저씨는 놀란 나머지 저도 몰래 으악! 하고 소리를 질렀다. 그리곤 눈을 부릅뜨고 허깨비의 얼굴을 바라보았다. 그 순간 머리카락이 쭈뼛 서버렸다. 그 귀신은 아랫집 노총각에게 몇 달 전 시집온 조금 모자란 듯한 새댁이었다.

"눈을 똑바로 뜨고 보니까 제대로 보였군. 저번처럼 무서워라 하고 눈을 감고 내빼듯 올라왔더라면 또 헛것이 되었겠지, 뭐."

나는 아랫집 새색시가 야심한 밤에 풀밭에 들어가 오줌을 누다가 느닷없이 등장한 자동차 불빛에 놀라 벌떡 일어나 옷을 추켜올리는 모습을 떠올리고는 킥킥거렸다.

옆집 아저씨는 키가 180센티미터쯤 된다. 호리호리한 체형으로 보기보다 허약한 체질이다. 편두통을 심하게 앓아 유명하다는 병원과 한의원을 찾아다니기도 했다. 진찰을 받고 약을 처방받아 먹지만 완쾌되진 않는다. 그래도 심성은 곱고 사려가 깊어 이웃사촌으로 잘 지낸다.

옆집 아저씨에게만 보이는 허깨비는 무엇일까. 민감한 데다가 허약한 체질, 고질적인 두통이 기운을 허하게 만들어 간혹 헛것이 보이는 것일 수도 있었다. 허깨비가 진짜 나타났다면 마당의 진진이가 마구 짖어댔을 텐데……. 옆집 아저씨가 잘못 본 것이 확실했다. 그러나 옆집 아저씨는 퇴근길에 아랫집 색시를 헛것으로 착각한 것은 인정해도 마당에서 본 헛것은 분명하다고 믿는 눈치였다. 마당에서 본 헛것은 영적인 존재, 귀신에 가깝다는 것이었다.

귀신일 수도 있겠지. 언젠가 이 마을에 살았던 여인이 죽고 난 뒤, 가끔 고향 마을이 그리워 유령으로 찾아온 것일 수도 있다. 아니면 이 집을 짓기 훨씬 전, 옛 흙집에 살았던 안주인일지도 모른다. 죽은 자의 영혼이 달빛 고운 밤 문득 그리운 마을과 집을 찾아온 것일까. 생전에 못 다한 사연을 들려주고 싶었는지도 모른다. 억울한 심정을 털어놓고 싶었을지도, 마음에 둔 연인과 생이별한 슬픔을 잊지 못해서…….

하긴 눈에 보이는 것이야말로 헛것이고 눈에 보이지 않는 것이 진짜일지도 모른다. 세상살이란 것이 돌이켜보면 헛것 같다. 진짜는 마음살이가 아닐지. 그렇다면 옆집 아저씨는 마음살이로 진짜를 본 것일까. 그가 보았다는 헛것은 남들 눈에는 안 보이는 것이니.

여름이 지나가자 더 이상 허깨비 이야기는 나오지 않았다. 처음 얼마 동안 겁을 내던 옆집 아저씨도 시간이 흐를수록 점점 헛것의 두려움에서 벗어나는 듯했다. 살다 보면 간혹 헛것도 보이는 법. 옆집 아저씨는 그 헛것을 헛것으로 알고 순순히 받아들이며 살아간다. 이사 갈 생각은커녕 요즘에는 나무 데크를 만들 일과 마당 한쪽에 그네를 세울 구상에 골몰하고 있다.

잠이 오지 않아 바깥으로 나왔다. 초여름 밤은 달콤하고 시원하다. 달빛이 소복하게 내린 마당을 거닐어본다. 이리저리 달빛 아래 드러나 교교한 식물들을 살펴보지만 헛것은 보이지 않는다. 층층나무 뒤에 숨어 있는가? 계수나무 아래 앉아 있는가? 문득 내가 못나 보인다. 이슥한 달빛 아래 헛것 하나 보지 못하는 둔한 사람처럼 여겨지기 때문이다. 문득 허깨비가 기다려진다.

고라니야, 미안해.

　　겨울이면 고라니가 집 가까이 내려온다. 고라니의 얼굴은 순하고 겁이 많아 보인다. 눈이 크고 귀가 쫑긋하고 턱이 길어 예쁘다. 녀석은 내가 연탄을 갈기 위해 집 뒤쪽 처마에 연결해 만든 보일러 창고에 갈 때면 종종 마주쳤다. 창고 뒤쪽은 고추 농사를 끝낸 밭이고 그 너머는 산으로 연결되어 있다. 고라니는 먹이를 찾아 가끔 산을 내려오는데, 마을 맨 끝자락에 자리한 나의 집까지 찾아오는 것이다. 나와 마주치기라도 하면 껑충껑충 엉덩이를 보이며 달아난다. 이제 서로 인사를 나눌 때도 됐는데 고라니의 경계심은 풀리지 않는가 보다.

　고라니 소리를 처음 들은 것은 이사 오던 해 어느 겨울밤이었다. 웬 비명 소리가 산속에서 들려왔다. 놀라서 잠을 깨고는 두근거리는 가슴을 누르며 창 너머 산기슭을 살폈다. 인기척은 없는데 꽥! 꽥! 하는 비명만 들렸다. 밤새 잠을 설쳤다.

　이튿날 마을 어른에게 밤에 들었던 괴상한 비명에 대해 물었더니 껄껄 웃는다. 고라니 수컷과 암컷이 짝짓기를 위해 서로를 부르는 소리라는 것이었다. 그 사실을 알고는 맥이 빠졌다. 밤새 이불을 뒤척이며 무서워한 게 억울했다. 그러나 밤새 들려온 고라니의 소리는 평상시 알고 있던 예쁜 고라니의 생김새와 달리 끔찍했다. 궁금증이 일어 고라니에 대한 자료를 뒤져보았다. 뿔이 없고 홀로 지내기를 좋아하며 산기슭이나 강가, 풀숲이나 초지, 습지 등에서 서식한다고 했다. 새벽과 이른 밤에 활동을 많이 하는데 물을 좋아하고 수영을 즐긴다는 것이다. 사진을 찾아보니 노루나 사슴과 비슷하게 생겼지만 뿔이 없었다. 사람에게 해를 끼치는 위험한 동물은 아니었다. 아주 연약한 동물이었다. 이런 동물이 나의 집 가까이 서식한다는 것이 좋았다. 그날 이후 산기슭에서 들려오는 고라니의 비명 같은 소리는 자연의 하모니로 들렸다. 겨울밤 내내 그 소리로 행복했다.

며칠 전 집으로 돌아오는 길에 겨울비가 내렸다. 안개까지 짙게 깔려 시정거리가 짧았다. 2차선 도로는 미끄러웠고 안개까지 더해 자동차의 속도를 늦추었다. 시골 마을로 연결되는 지방도로를 따라 차를 달리다 멀리 안개 속에 서 있는 낯선 물체를 발견했다. 도로변에 무성하게 뒤엉킨 개나리 울타리 앞에 고라니 한 마리가 서 있었다. 아마 도로 건너편의 강 쪽으로 가려는 것 같았다. 저런! 안 돼! 바보 같으니라고! 나는 조수석에 누가 있기라도 하듯 중얼댔다. 자동차의 헤드라이트 빛을 받은 고라니는 꼼짝 못 하고 서 있었다. 차를 세워 녀석을 산으로 돌려보내야 했다. 그대로 두었다가는 달리는 차에 치여 죽거나 중상을 당할 수도 있었다. 고라니는 강으로 넘어가기 위해 기회를 엿보고 있었다.

그러나 차를 세울 수가 없었다. 백미러를 보니 바짝 뒤따라 달려오는 화물차의 라이트가 눈부셨다. 고라니는 금방이라도 도로를 뛰어넘을 태세였다. 제발! 나는 클랙슨을 연거푸 눌렀다. 빵! 빵! 빵! 고라니가 다행히 개나리 울타리 속으로 도망친다. 나는 고라니를 지나쳤다. 뒤따르던 화물차는 아무런 영문도 모른 채 그냥 나의 꽁무니를 따라왔다.

그날 밤 고라니 울음이 유난했다. 나는 잠자리에 누워 도로변에 나와 있던 고라니 생각을 했다. 이슬비가 내리고 안개가 깔린 지방도로의 개나리 울타리 곁에 서 있던 그 고라니는 도로를 무사히 건너가 마른 목을 축였는지, 무사히 산기슭으로 돌아갔는지.

이튿날 아침 비가 그치고 안개가 걷혔다. 맑은 햇빛이 눈부셨다. 나는 강과 산 사이로 뻗어 있는 지방도로를 달렸다. 개나리 울타리가 무성한 지점에 이르렀을 때 검은 물체가 보였다. 가까이 다가갔을 때 짓이겨진 고라니의 형편없는 사체가 확연히 눈에 들어왔다. 결국 도로를 건너다가 질주하는 자동차에 치인 것이었다. 아스팔트는 핏자국과 떨어져나간 살점으로 참혹했다. 차들은 사체를 피해 가느라 갈지자 운행을 했다. 나 역시 그 출근길 차량들과 다를 것 없이 갈지자 운전으로 커다란 고라니의 사체를 피해가면서 웅얼댔다. 차를 세워 고라니의 사체를 옮겨야지, 형편없는 사체를 흙에 묻어줘야지.

하루 종일 그 생각만 했다. 퇴근길에 그 자리를 지나면서 아침보다 굳어지고 말라버린 고라니 사체 주변의 상흔을 보았다. 집에 돌아와서도 고라니의 사체를 옮겨야 하고 땅에 묻어주어야 한다고 생각했다. 생각만 하다가 일주일이 지났다. 도로의 고라니 사체는 그사이 자동차 바퀴에 수도 없이 깔리고 이리저리 날려가고 찢겨져 검은 혈흔만 남아 있었다. 고라니의 죽음은 그렇게 잊어졌다.

그날 이후 연탄불을 갈 때마다 종종 마주친 고라니가 보이지 않았다. 빈 고추밭을 껑충껑충 달리던 순둥이 겁보 고라니의 살찐 엉덩이가 보이지 않았다. 나는 뻔뻔스럽게도 빈 밭의 빈객 고라니를 기다렸다. 그러면서 내가 모는 차가 아니었다고, 내가 친 것이 아니라고 변명했다. 고라니야! 나는 너에게 아무런 잘못도 저지르지 않았잖니! 겨울밤 창 너머로 고라니 소리가 들려올 때마다 궁색한 변명을 한다. '미안하다'고 말하면 될 것을……..

강
풍。

시골집은 바람에 민감하다. 마을 끝자리에 자리 잡은 데다가 산으로 이어지는 언덕에 홀로 서 있다 보니 바람에 온전히 노출된 탓이다. 겨울철 북풍이 몰아치기라도 하면 집이 하늘로 날아갈 것만 같다.

시골에 들어와 집을 지을 때 건축에 대한 경험이 전무하다 보니 모든 것을 업자 손에 맡기고, 건축비도 넉넉하지 않아 자재를 저렴한 것으로 쓰는 바람에 날림 집처럼 되고 말았다.

그중 가장 신경 쓰이는 부분이 지붕이었다. 목조 지붕의 마감재로 사용한 아스팔트 싱글이 시원찮았다. 벽돌을 쌓아올린 벽체 위에 대들보를 걸치고 서까래를 놓아 지붕널을 맞춘 다음 합판으로 덮었다. 합판에 방수 시트를 깔고 아스팔트 싱글을 덧씌웠다. 목수의 지붕 만드는 과정을 지켜보면서도 내심 '저래 가지고 지붕이 얼마나 견딜까' 걱정이 되었다. 그래도 집짓기를 지켜만 볼 수밖에 없었던 것은 빠듯한 건축 비용 때문이었다. 집이 완공된 후 강풍이 불 때면 지붕의 아스팔트 싱글 조각이 떨어져나갈까 조마조마했다.

이사한 첫해 겨울, 나의 우려는 현실로 나타났다. 강풍 경보가 발령된 어느 겨울밤, 나는 잠을 이루지 못했다. 스테인리스 스틸로 만든 창문 틈새로 바깥의 바람 소리가 그대로 들렸다. 그뿐 아니었다. 아스팔트 싱글을 씌운 지붕은 강풍에 맞을 때마다 삐걱 소리를 내며 흔들렸다. 서까래가 균형을 잃은 것인지, 각목 틈새가 벌어진 것인지 요란했다. 그렇다고 지붕을 뜯어내고 원인을 찾자니 수리비가 이만저만이 아니었다. 차라리 지붕을 새로 얹는 편이 나았다. 나는 강풍이 불 때마다 '초속 20미터가 넘은 자연 현상을 어쩌랴.' 하고 스스로를 위로했다.

그날 이후 강풍이 부는 겨울밤이면 잠을 설쳤다. 이부자리에 누워서도 들판 건너 산자락을 달려오는 바람 소리를 고스란히 들었다. 산을 내려오는 성난 바람 소리는 무시무시했다. 하늘이 진노한 듯 위이잉! 하는 괴성이 어둠 속 허공을 흔들었다. 나는 산기슭에 도달한 성난 바람이 숲을 뒤흔드는 소리가 시작될 때면 하나, 둘, 셋 하고 헤아렸다. 바람은 나의 숫자가 다섯을 셀 즈음, 집 가까운 배밭과 대숲을 덮친다. 그리고 이내 내가 누워 있는 방의 벽과 창과 전깃줄과 마당의 나뭇가지와 지붕을 때렸다. 폭격을 당한 것 같은 진동이 한차례 울려퍼졌다. 집은 사시나무처럼 떨었다. 창틈으로 들어온 바람에 커튼이 나부꼈다. 나는 심란하고 두렵고 불안한 마음에 식은땀을 흘렸다.

'바람아 멈춰다오!'

잠은 달아난 지 오래였다. 나는 밤새 바람과 씨름했다. 이부자리에 누워 보이지 않는 바람과 씨름하는 내가 한심하기도 했다. 대결한다고 해서 해결될 일이 아니었다. 그런데도 씨름을 했다. 온갖 근심과 걱정이 뒤죽박죽 머리를 헤집었다. 지붕이 날아가지는 않을까, 창문이 깨지지는 않을까, 모과나무가 부러져 목조 지붕을 덮치지는 않을까, 전깃줄이 강풍에 끊어지지 않을까, 이대로 집이 통째로 붕 떠올라 어둠 속 허공으로 날아가버리는 것은 아닐까.

바람은 새벽녘에야 잦아들었다. 산을 넘어오는 바람의 간격이 조금씩 멀어지기 시작했다. 그제야 나의 마음도 차츰 안정을 찾았다. 그리고 밤새 보이지도 않는 바람과 씨름하느라 지친 나의 육

신과 영혼도 긴장을 풀었다.

동이 틀 무렵 새소리에 정신을 차린다. 그새 깜빡 토끼잠에 빠진 것이다. 깨어나보니 바람은 언제 그랬냐는 듯 자취를 감추고 없다. 하늘은 고요했다. 대숲의 무수한 이파리들조차 미동도 않고 있다. 햇살에 눈부시게 반짝일 뿐이다. 참새들의 요란한 지저귐이 고요한 아침 공기를 흔든다.

마당으로 나와 간밤의 강풍에 상한 나무와 찢기거나 부서진 집 주변을 살핀다. 아니나 다를까 강풍을 가장 많이 맞은 서쪽 지붕의 아스팔트 싱글 한쪽이 화단에 떨어져 있다. 장독 뚜껑이 하나 깨졌다. 자전거가 넘겨졌고 매화나무 가지가 부러졌다. 간밤의 강풍에 이런저런 돌출물이나 거추장스런 물건들은 날아갔거나 부러졌거나 떨어졌다.

고개를 꺾어 하늘을 보았다. 맑았다. 파란 하늘이 밤새 그토록 세상을 혼란스럽게 했다는 것이 믿겨지지 않는다. 문득 내 마음 속의 찌꺼기를 생각한다. 간밤의 강풍에 쓸려갔는가. 나는 고개를 흔든다. 지난밤 불던 바람이 내 마음의 청소부로 자리 잡을 날이 언제쯤 찾아올지······.

강풍주의보가 내려진 겨울밤이 다시 찾아왔다. 하늘은 미친 듯 아우성쳤다. 땅은 매라도 맞는 듯 흔들렸다. 그때마다 나의 집은 묵은 때를 털어냈다. 뾰족하거나 느슨한 것들도 함께 날아갔다. 나는 지금 부는 강풍이 머지않아 잦아든다는 것을 안다. 제아무리

강한 바람이라도 하루를 버티지 못한다. 지붕을 날려버릴 것처럼 부는 광풍도 때가 차면 풀이 꺾인다. 나는 서두른다. 날이 밝기 전에, 바람이 잦아들기 전에, 마음에 고인 먼지를 털어내야 하니까.

겨울밤 가끔씩 찾아오는 강풍은 나의 집과 나의 마음을 흔들어 깨워주는 청소부다.

향나무집 남자。

그 집 대문이 열린 것을 본 적이 없었다. 철제 대문은 짙은 감색이었다. 대문에 조그만 창살조차 만들지 않아 안쪽 마당을 엿보기가 어려웠다. 바닥에 기대어 대문 밑을 들여다보거나 까치발을 하고 대문 너머를 보아야 했는데, 그럴 수도 없는 일이었다. 마을 사람들 눈에 띄기라도 하면 괜한 오해를 살 수도 있었다.

그런데 딱 한 가지 볼 수 있는 것이 마당의 키 큰 향나무였다.

워낙 키가 커서 대문과 담 위로 환히 보였다. 이 향나무는 키도 크지만 생긴 모양도 특이해서 눈길을 끌었다. 닫힌 대문과 담 너머로 보이는 향나무는 평범한 여느 향나무와 달리 개성이 강했다.

나는 그 집 마당의 향나무를 촛불이라고 불렀다. 향나무는 길게 뻗은 굵은 가지마다 촛불 모양의 잔가지를 얹혀놓고 있었다. 주인이 정성스럽게 가위질을 해서 만들어놓은 결과물이었다. 볼수록 신기했다. 라이터를 켜서 가만히 다가가면 화르르 불꽃을 피울 것만 같았다. 밤에는 좀 괴기스럽기도 하지만 대문 너머 촛불 향나무는 나의 관심을 끌기에 충분했다.

마을 사람들의 이야기를 들어보니 이 집 주인은 촛불 향나무만큼이나 별난 사연을 갖고 있었다. 홀로 산 지가 10년이라는 사람도 있고 20년이라는 사람도 있는데, 몇 년째 혼자 살고 있는가가 중요한 것은 아니었다. 왜 혼자 사는지가 중요했다.

이 집 남자는 성격이 불같고 고지식한 데다 무뚝뚝해서 시집온 아내가 고생을 많이 했다. 아내는 시집을 오자마자 머슴처럼 일을 해야 했다. 시어머니 시동생들 건사에 밭일은 물론 가축을 키우고 두엄을 져나르는 일까지 했다. 남편은 일이 서툴다며 아내에게 모질게 굴었다. 아내는 남편의 별난 성격을 맞추지 못해 차라리 가출을 해버릴까 망설이기도 했다. 한번은 너무 서럽고 괴로워서 목숨을 끊으려고 했지만 실패했다. 그저 자식들을 의지하며 참았다. 자식이 유일한 희망이었다. 아내의 눈물은 마를 날이 없었다. 하루가 천년같이 길고 길었지만 세월은 구름처럼 쉬지 않고 흘러갔다.

어느 날 미국에 사는 딸에게 연락이 왔다. 출산을 앞두고 친정 엄마를 부른 것이었다. 남편은 거절하지 못했다. 이국땅에서 출산을 앞둔 딸이 엄마를 찾는데 어떻게 거절하겠는가. 아내는 미역을 준비해 미국으로 떠났다. 남편은 아내를 미국으로 보내면서 곧 보게 될 외손주 생각만 했다. 아내 생각은 꿈에도 하지 못했다.

그날 이후 아내는 돌아오지 않았다. 향나무집 남자는 이제나 저제나 아내가 돌아오기를 기다렸다. 한 달이 지나고 두 달이 지나고 일 년이 지나도록 돌아오지 않았다. 남편은 국제전화를 걸어 아내에게 사정했다. 제발 돌아와요! 내가 잘못했소! 아내가 그 말에 속아 넘어갈 리 없었다. 그동안 남편에게 당한 고통과 설움, 고독과 눈물을 떠올리면 결코 돌아갈 수 없는 집이었다.

기다리다 못한 남편은 대문을 굳게 잠근 뒤 집을 나섰다. 사위에게 미국행 비행기를 타겠노라고 통보했다. 그리고 훌쩍 낯선 이국땅으로 떠나는 비행기에 몸을 실었다. 미국에 도착한 향나무집 남자는 아내에게 빌었다. 두 손을 모아 싹싹 빌며 사죄했다. 내가 잘못했어요, 이제 돌아갑시다, 한국으로 갑시다.

아내는 속아넘어가지 않았다. 한술 더 떠 '당신도 이곳 미국에 정착해 살자'고 말했다. 결코 미국땅에서는 살지 못할 남편이라는 것을 그녀는 알았다. 한국에서처럼 아내를 부려먹다가는 쇠고랑을 찬다는 것도 알고 있었다.

향나무집 남자는 한 달 만에 아내를 포기하고 한국행 비행기에
몸을 실었다. 미국에서 돌아와 텅 빈 시골집에 홀로 들어앉은 남
자는 닭똥 같은 눈물을 뚝뚝 흘렸다. 그날 이후 향나무집 철제 대
문은 굳게 닫혀버렸다. 닫힌 대문 위로 향나무가 자라났다. 남자
는 틈이 날 때마다 향나무 곁에 사다리를 세웠다. 손에 들린 전정
가위로 향나무의 가지를 다듬었다. 풀이 무성한 무덤처럼 둥글둥
글 자라던 향나무가 어느 때부터인가 뾰족해지기 시작했다. 해가
갈수록 향나무는 특정한 형태의 모양을 내기 시작했는데 나중에
야 그것이 수십 개의 촛불인 것을 알게 됐다. 외로운 남자는 향나
무에 촛불을 만드는 것으로 지나온 생을 돌아보는 것이었을까. 젊
은 날의 이기심과 혈기로 아내는 물론 가족까지 잃어버린 남자는
이제 죽을 때까지 향나무에 촛불을 만드는 일로 반성을 하게 되는
것인가.

수레를 끌고 골목을 올라오는 노인과 마주쳤다. 수레에는 연탄
재가 가득 실려 있다. 겨울철 난방용으로 땐 연탄재를 버리기 위
해 산 아래 공한지로 가는 것이다. 얼굴이 창백하고 머리숱도 많
이 빠진 노인이었다. 그래도 눈에는 생기가 돌고 표정이 정갈했
다. 오랜 세월 홀로 살아온 남자의 몸에서 구질구질한 행색은 어
디에도 보이지 않았다.

"연탄재 버리는 일이 만만치 않지요?"

나는 인사를 건넸다.

"먹으면 싸야 하고, 입으면 버려야 하고…… 사는 게 다 그렇지요."

노인이 끌어당기는 수레바퀴 소리가 삑삑 소리를 낸다. 바퀴의 공기가 적은지 구르는 모양이 힘겹다. 바람이 불어 연탄재가 날린다. 노인의 눈에 티가 들어간 것인지, 그가 눈시울을 붉혔다.

연
탄
보
일
러。

기름값은 자고 나면 올랐다. 국제 유가는 1배럴에 100달러까지 치솟을 것이라는 전망까지 나오고 있었다. 모두들 불안해했다. 그런데 나는 느긋했다. 벌써 몇 년 전부터 연탄 보일러를 사용하기 때문이다. 선견지명이라기보다는 기름 한방울 나지 않는 나라에서 기름으로 방을 데운다는 것이 호사라는 생각에서였다.

　그렇다고 기름 보일러를 완전히 뜯어내지는 않았다. 보일러공을 불러 연탄 보일러와 겸용으로 사용할 수 있도록 수리했다. 평상시에는 연탄 보일러로 집 안 난방을 하고 세면할 때나 부엌일을 할 때 잠시 기름 보일러를 틀어 뜨거운 물을 사용하는 식이었다.

연탄에 대한 기억은 씁쓸한 것뿐이다. 어린 시절 시골집은 구들장 아래 연탄불을 때는 것을 선진화의 전형으로 여겼다. 너도 나도 산에 올라가 땔감을 해오는 노동을 포기하고 연탄 보일러를 놓았다. 남자들은 겨울철 눈 덮인 산에 올라가 나뭇짐을 져날라야 하는 나무꾼의 의무에서 벗어났다. 여자들은 아궁이 앞에 쪼그리고 앉아 연기에 콜록콜록대며 불을 지피는 고역에서 해방됐다.

대신 연탄불 속에 숨어 있던 일산화탄소는 하루가 멀다 하고 마을 사람들을 황천길로 데려갔다. 그래도 주민들은 연탄 보일러를 포기하지 않았다. 재수 없어 가스에 중독된 것이지 연탄 보일러가 잘못은 아니라는 생각이었다. 창문을 열어놓지 않았다든지, 가스 배출구의 전원을 꺼놓았기 때문이라는 원인만 지적했다. 연탄이라는 땔감이 지니고 있는 일산화탄소 배출의 심각성은 뒷전이었다. 그만큼 연탄 보일러는 마을 사람들에게 난방의 혁명을 가져온 연료였다.

많은 시행착오 끝에 연탄 보일러는 안착했다. 방구들을 걷어내고 그 위에 호스를 깐 다음 연탄 보일러가 데운 온수를 순환시키는 방법을 적용하면서 가스 중독으로 인한 사망 사고는 크게 줄어들었다.

연탄은 여러모로 장점이 많다. 기름처럼 화들짝 뜨거워졌다 차가워지지 않는다. 하루 24시간 은근히 방을 데워준다. 아궁이에 장작불을 때는 구들방보다는 못하지만 연속성은 뛰어나다. 때문에 겨울철 내내 방 안에 훈기가 돈다. 열효율도 높다. 아침과 저녁으로 연탄 세 장이 들어가는 토관에 연탄을 갈아주면 그걸로 충분하다. 요즘 연탄 한 장의 가격은 배달료를 포함해 390원이다. 하루 연탄 여섯 장을 땔 경우 한 달에 약 7만 원이면 충분하다.

연탄이 좋은 점만 있는 것은 아니다. 단점도 많다. 항상 가스를 조심해야 한다. 다행히 시골집은 사방이 트여서 일산화탄소가 방으로 스며들 염려는 없다. 연탄 보일러 창고는 집 뒤뜰의 개방된 처마 아래여서 가스가 방바닥 틈새로 올라올 일도 없다. 그래도 일산화탄소의 독성이 항상 집 주위를 도사리고 있다는 것을 잊어서는 안 된다.

연탄가스 말고도 불편한 것은 많다. 매일 아침과 저녁마다 집 뒤뜰로 돌아가 연탄불을 갈아주어야 한다. 타버린 연탄재를 꺼내고 생탄을 넣어주는 일은 보통 귀찮은 것이 아니다. 영하 10도를 오르내리는 혹한이 몰아치기라도 하면 연탄불 갈러 가는 것이 시베리아 벌판으로 나가는 것처럼 질린다. 밤늦게 연탄 보일러 창고에 가려면 오싹 무서움증이 도지기도 한다.

그러나 진짜 불편한 것은 연탄을 갈아주는 일보다 연탄재를 처리하는 일이다. 세상에 공짜는 없다. 방을 뜨겁게 데웠으면 데운

만큼 쓰레기가 나오게 마련이다. 매일 쌓이는 연탄재를 버리는 일은 번거롭기까지 하다. 일주일이 지나면 연탄 보일러 창고는 검은 생탄과 타버린 흰 똥탄이 적과 아군처럼 마주 보고 서 있다.

휴일이면 연탄재를 처리한다. 수레에 연탄재를 실어 언덕길을 올라간다. 산비탈로 향하는 농로에 연탄재를 깨뜨린다. 지난여름 장마 기간에 내린 집중호우로 농로가 형편없이 파헤쳐진 것을 연탄재로 메운다.

산비탈 농로에 연탄재를 깨뜨려 평지로 만드는 일은 매주 휴일에 주어진 나의 노동이다. 그러나 산비탈의 울퉁불퉁한 농로를 메우는 일도 이번 겨울로 충분하다. 이 농로를 다 메우면 연탄재를 처리할 곳이 없다. 이제 어디에다 연탄재를 깨뜨릴 것인가.

이른 아침 수레를 끌고 비탈진 농로를 올라간다. 연탄재를 깨뜨리며 땅에게 미안한 생각이 든다. 나는 어찌 이리도 쉬지 않고 찌꺼기만 쏟아내는 것인가. 맨흙 한줌도 만들지 못하면서 만날 무용지물 연탄재만 쏟아붓는다.

복자기 단풍나무 가지치기.

초봄이 왔다. 집 서쪽으로 난 좁은 뜰을 지나갈 때마다 앞을 가로막는 나뭇가지가 하나 있었다. 복자기 단풍나무였다. 가을이 오면 연한 황금빛으로 물드는 단풍이 단아했다. 요란스럽고 강렬한 단풍잎과는 달랐다. 나뭇가지의 빛깔도 단풍 든 잎사귀와 똑같아 마치 황금 나무를 보는 듯한 느낌이었다.

이 나무가 문제를 일으켰다. 집 뒤쪽에 있는 창고를 오갈 때마다 불쑥 자란 가지 하나가 앞을 가로막는 것이다. 길을 지나가려면 가지를 피해 고개를 숙여야 했다. 짐이라도 들고 갈라치면 여간 불편한 것이 아니다. 이 녀석은 왜 가지를 집을 향해 거꾸로 뻗은 것인가. 그러고 보니 바깥쪽 넓은 공간으로는 벌써 자리를 차지한 가지들이 빈틈없이 쭉쭉 뻗어 있다.

나는 전정가위를 들었다. 이대로 가지를 두었다가는 뒤쪽 창고 출입이 어려워질 것이다. 여름이면 이파리까지 무성해져 사람이 지나다닐 수 없을 정도로 빽빽해질 것이 뻔했다. 가지치기를 하려면 초봄이 가장 좋았다. 가지가 더 굵어지기 전에 잘라내기로 했다.

싹! 뚝!

잘려나간 가지를 울타리 너머로 던졌다. 서쪽 뜰이 환해졌다. 장애물이 사라졌다. 뒤쪽 창고로 가는 길이 비로소 수월해졌다.

이튿날 복자기 단풍나무 아래 이상한 흔적이 생겨난 것을 보았다. 벌써 한 달 가까이 비다운 비가 내리지 않아 봄가뭄이 심했다. 기상대는 산불주의보까지 발령한 상황이었다. 그런데 복자기 단풍나무 아래 흥건한 물 자국이 생긴 것이다. 비 한방울 떨어지지 않은 땅에 세숫대야 크기의 물자국이 번져 있었다.

복자기 단풍나무 아래로 다가가 물에 젖은 흙을 살폈다. 끊임없이 물이 배어들지 않고서는 그렇게 오래 젖을 수가 없다. 그때 뚝! 뚝! 일정한 시간을 두고 떨어져내리는 물방울을 발견했다. 잘

려나간 복자기 단풍나무 가지 끝에서 배어나온 수액이었다. 가지 끝에 고인 수액은 투명했다. 햇빛이 내려앉아 초롱초롱 빛났다. 물방울이 모여 점점 커지다가 뚝! 땅으로 떨어졌다. 나는 가만히 다가가 가지 끝에 입술을 댔다. 시원하고 달콤한 수액이 입 안에 맑은 향을 퍼뜨렸다. 밤새 얼마나 많은 수액을 쏟아냈기에 잘려진 나뭇가지 아래 마른 땅이 흥건히 젖었을까.

그러고 보니 전국 곳곳에서 고로쇠 축제가 한창이다. 몸에 좋다며 심산유곡에 자라는 고로쇠나무의 가지를 찢어 상처를 낸다. 그곳에서 수액을 뽑아낸다. 수천 리터의 수액을 물통에 담아 장사를 한다. 몸에 좋은 고로쇠 수액을 마시고 건강해지겠다면서 고로쇠나무에 구멍을 뚫는다. 사람들은 상처 난 구멍으로 새어나오는 수액을 받아 돼지처럼 꿀꿀거리며 들이켠다. 고로쇠나무의 피를 먹으면서 축제라고 흥청망청한다.

인간의 천적이 있어 그 생명체가 사람의 피를 빼내 건강 음료로 마시는 것과 무엇이 다른가. 인간에게 인간보다 무서운 천적이 없는 게 다행이다. 고로쇠 수액은 중증 위장병 환자들에게 먹이던 특효약이라고 했다. 꼭 필요한 환자에게 약으로 먹이는 고로쇠 수액은 하늘이 준 선물이다. 그것이 아니라면 범죄다.

삽을 꺼내들고 뒷산에 올라가 황토를 떠왔다. 황토에 물을 조금 섞어 으깬다. 떡반죽처럼 만들어 복자기 단풍나무의 잘린 가지에 붙인다. 짚을 찾아내 황토를 바른 가지에 잘 붙들어맨다. 사람도 혈관이 잘려 지혈이 안 되면 죽는다. 나무라고 다를 리가 없다.

이튿날부터 복자기 단풍나무 아래 고여 있던 물자국은 자취를 감췄다. 그리고 그날 이후 복자기 단풍나무에 가지치기를 하지 않는다. 봄철 상처를 입기라도 하면 수액을 쉬지 않고 쏟아내기 때문이다.

종달새 소리가 요란한 일요일 아침, 복자기 단풍나무에 돋아난 여린 싹을 보았다. 금빛 털에 감싸인 새잎을 바라보다가 초봄 전 정가위로 잘라낸 가지를 떠올렸다.

복자기 단풍나무는 나에게 상처를 입었을 때 투명한 수액을 쏟아냈다. 소리 없이 울었다. 나를 위해 달디단 수액을 흘리며 운 것이다. 나는 누군가에게 상처를 입었을 때 분노와 미움과 복수로 뭉친 화를 쏟아내지 않는가. 복자기 단풍나무의 어린 싹을 보며 낯을 붉힌다.

기름 보일러 소리.

눈 내리는 겨울밤. 붕! 붕! 하고 난방용 기름 보일러가 작동하는 소리에 잠을 깼다. 우리 집 보일러가 돌아가는 소리도 아닌데, 야심한 겨울밤에는 먼 곳에서 나는 소리도 아주 가깝게 들린다. 바람도 잠든 밤에 아랫집 보일러 창고에서는 일정한 시간 간격을 두고 기름 보일러가 돌아가고 있다. 창문을 열고 온도계를 보는데 코끝이 맵다. 바깥 온도는 영하 11도. 눈이 가루를 뿌려대듯 날린다. 바람만이 불현듯 휙 지날 뿐 세상은 잠잠하다.

기름 보일러가 다시 멈췄다. 조금 있으면 다시 돌 것이다. 기름 보일러가 일정한 간격을 두고 쉬지 않고 돌아가는 것은 기온과 연관이 있다. 기온이 떨어질수록 보일러는 작동 시간을 좁힌다. 아랫집 노인은 실내 온도를 최대한 낮추었겠지만, 워낙 춥다 보니 보일러는 설정된 실내 난방 온도를 맞추려고 작동을 한다.

기름 보일러가 돌아가는 붕! 붕! 소리가 끊이지 않는 밤, 나는 마을 노인들의 신음을 함께 듣는다. 보일러가 작동하면서 쏟아내는 소음은 100원짜리 동전이 떨어지는 소리다. 난방용 경유는 1리터에 1100원대까지 올랐다. 1년 중 가장 추운 1월 한 달을 따뜻하게 보내려면 기름 200리터는 때야 한다. 200리터의 기름값은 22만 원이다. 아랫집 노인 농부는 매달 22만 원의 기름을 탱크에 채워넣을 형편이 못 된다.

마을 농부들은 기름값이 무섭다. 도시에 있는 자녀들이 부쳐주는 10만 원 또는 5만 원의 용돈으로는 어림도 없다. 그래서 혹한이 아니면 기름 보일러를 틀지 않는다. 보일러가 얼지 않을 만큼 근근이 돌린다. 보일러는 산소 호흡기를 댄 채 목숨만 부지하고 있는, 임종이 다가온 말기 암환자 같다. 대신 노인들은 전기 장판을 깔고 잔다. 바닥이 따뜻해 동사할 염려는 없지만 실내는 냉기로 썰렁하다. 그래서 겨울밤은 춥기도 하지만 빈 나뭇가지처럼 쓸쓸하다.

낮이 되면 노인들은 약속이라도 한 듯 집을 나섰다. 칼바람이 몰아치는데도 아랑곳 않고 집을 나온 그들이 가는 곳은 경로당이다. 경로당은 마을에서 가장 따뜻한 집이다. 정부에서 나오는 운영비로 넉넉하게 기름 보일러를 땔 수 있는 곳이다 보니 방바닥은 쩔쩔 끓고 실내 공기는 하루 종일 훈훈하다.

마을 노인들은 겨울의 짧은 한낮 경로당에 모여앉아 밤새 움츠러든 몸과 쓸쓸했던 마음을 녹인다. 불면으로 뒤척이며 흘렸던 눈물도 언제 그랬냐는 듯 잊어버린다. 농담이 오가고 웃음소리가 흘러나온다.

어느덧 해가 저문다. 이제 모두들 집으로 돌아갈 시간이다. 차가운 냉기를 뚫고 집에 돌아오지만 기다리는 것은 차갑고 어두운 방이다. 형광등을 켜고 전기 장판의 스위치를 누른다. 그리고 벽에 붙은 기름 보일러 온도조절기에 다가가 바늘을 맞춘다. 영하 10도의 강추위 속에 보일러가 터지기라도 하면 낭패다. 기름 보일러가 얼어붙지 않을 만큼 온도를 맞춘다. 실내 온도가 영상 5도 아래로 떨어지면 보일러가 작동하도록 설정한다. 가난한 마을에 사는 노인들이 겨울을 나는 지혜다.

다시 잠을 청하려는데 잠시 멎은 기름 보일러가 붕! 하고 돌아가는 소리가 들린다. 그 소리에는 슬픔과 위안이 섞여 있다. 슬픔은 늙음과 가난에 대한 것이다. 위안은 살아 있음에 대한 것이다. 늙고 가난하지만 살아야만 하는 마을 노인들의 처지가 기름 보일

러와 다를 게 없다. 노인은 얼어죽지 않기 위해 얼마만큼 추워지
면 간신히 몸을 뒤척인다. 기름 보일러도 잊을 만하면 붕! 하고 소
리 지르며 정신을 차린다.

　농부가 잠든 아랫집은 숯처럼 까맣다. 쌀가루 같은 눈이 지붕
과 마당을 솜처럼 뒤덮었다. 어디선가 고양이 우는 소리가 들린
다. 아랫집 검은 마루 밑에서는 파란 고양이 눈이 빛나고 있을 것
이다. 노인은 잠들었을까.

검은 복면.

검은 비닐을 뒤집어쓰고 숨이 막혀 헉헉거리는 꿈을 꾸다가 잠을 깼다. 검은 복면으로 얼굴을 감은 이라크 무장 단체 알 지하드가 주위에 서 있었다. 왜 알 지하드일까. 나는 왜 검은 비닐 봉지를 뒤집어쓰고 있었던 것일까. TV에서 이교도의 목을 자르겠다며 위협하는 살벌한 장면을 보았기 때문인 것 같다. 꿈이지만 무서웠다.

마을에는 검은 비닐이 유난히 많다. 밭과 골목길과 울타리와 마당은 물론 공중에 뻗친 나뭇가지에도 검은 비닐이 매달려 있다. 여름 한철에는 초록의 나뭇잎과 풀잎에 은폐돼 있던 비닐이 겨울이 되면 속속 모습을 드러낸다. 검은 비닐은 농사를 지을 때 잡초가 자라는 것을 막기 위해 토양 피복용으로 사용한 뒤 용도 폐기된 것들이다.

　만약 비닐에도 동물처럼 생명이 있다면 생로병사의 마지막 단계에 도달한 셈이다. 그런데 누구 하나 거둬주는 이가 없다. 오히려 봄이 오면 겨우내 버려진 비닐을 거두지도 않고 비닐째 땅을 갈아엎어 농사를 짓는다. 게으르고 무지한 탓이라고 넘어갈 일이 아니다. 이것은 농부이기를 포기한, 농부의 인격을 내팽개친 천민 농사의 전형이다.

　겨울이 오면 추위 걱정보다 더한 것이 마을의 천박한 환경이다. 추운 것은 방을 데워 견딜 수 있지만 사방에 나뒹구는 폐비닐의 유령을 보고 한철을 나야 하는 심정은 이만저만 불편한 것이 아니다. 우리가 어쩌다 이렇게 됐는지.

　나는 문득 옛 생각에 잠긴다. 농부는 새벽에 일어나자마자 비를 들고 나와 마당을 쓸고 대문 밖 골목길을 쓰는 것으로 하루를 시작했다. 지저분해진 골목을 청소하고 쓰레기를 주웠다. 한 달에 한 번씩 하는 부역은 당연한 의무로 알았다. 부역이 있는 날이면 주민들이 삽과 낫을 들고 나와 골목길과 도랑과 경로당까지 말끔히 청소했다. 마을회관의 유리창을 닦고 마른 바닥에 물을 뿌렸다. 물뿌리개가 지나간 자리마다 흙냄새가 피어올랐다. 화단의 잡초도 말끔히 뽑혔다.

돌이켜보면 당시 농부들의 청결 의식은 자발적인 것이라기보다는 국가 권력이 시도한 의식화 작업에서 이식된 것이었다. 일제강점기와 한국전쟁을 지나며 자리 잡은 가난과 게으름과 비루해진 의식을 일깨운 새마을운동의 힘이었다. 그런데 새마을운동으로 깨우쳤거나 이식된 '청결의 양식'은 어떻게 해서 농부들의 기억에서 사라진 걸까. 들판의 제비가 사라진 것같이…….

농부들은 청결 의식만 배운 것이 아니었다. 비닐과 농약과 화학 비료와 제초제를 이용해 수익을 늘리고 편리함을 누릴 수 있는 농사의 혁명을 동시에 배웠다. 문제는 그들의 손에 들어오는 화폐의 부피가 늘어나는 데 눈이 멀기 시작한 것이다. 돈이 되는 일에만 마음이 가고 돈이 안 되는 청결에는 마음이 멀어지고 말았다. 새마을운동이 가져다준 빛과 그림자였다.

시간이 갈수록 농부들은 돈의 노예가 됐다. 안심하고 곡식을 기를 수 있는 건강한 땅을 보호하는 일은 뒷전으로 밀렸다. 요령과 한탕과 편리함만을 취했다. 김매기의 고통을 덜기 위해 비닐을 덮고 농약을 쏟아붓고 제초제를 뿌리고 비료를 퍼붓는다. 공공의 상식인 '청결의 양식'은 이제 번거로울 뿐이다. 슬그머니 팽개쳐버렸다. 빗자루를 든 농부가 사라졌다. 이른 새벽 골목길을 쓰는 농부도 자취를 감췄다. 폐비닐과 폐플라스틱과 폐부대와 폐나일론 끈과 농약병이 논둑과 골목, 도랑 여기저기에 나뒹군다.

이장은 새벽마다 스피커를 통해 올봄 파종할 곡식의 종자와 신상품 비료와 계분과 토양 피복에 사용할 비닐을 주문하라고 독촉한다. 그러나 지난여름 농사짓고 버려둔 폐비닐은 안중에도 없다. 토양과 환경에 끼칠 오염의 심각성도 모른다. 오죽하면 윤구병 선생이 "차라리 오랫동안 농사를 짓지 않은 땅이 더 반갑다"고 했을까.

며칠 전 요란스러운 계절풍이 불었다. 강풍이 지나간 뒤 산자락 아래 밤나무가 이상해졌다. 하늘 높이 둥글게 뻗은 가지마다 미친 여자의 산발한 머리카락 같은 것이 나부꼈다. 바람에 날려온 검은 폐비닐이 가지에 걸린 것이다. 바람이 거세게 불면 검은 비닐이 펄럭이는 소리가 나의 마당에서도 들렸다. 끔찍했다.

창문 너머 멀리 보이는 밤나무는 겨우내 검은 폐비닐을 뒤집어쓰고 살았다. 어느 날 밤나무한테 가보았다. 비닐이 펄럭펄럭 쉬지 않고 나부꼈다. 나무는 괴롭다. 나무를 둘러싼 검은 비닐을 누가 걷어줄 것인가. 우리는 언제부터 이렇게 생명의 소리에 둔해졌을까. 나무의 숨결을 듣지 못하고 외면하고 있는가. 이 일은 누구의 몫인가.

자치단체 예산이 논과 밭에 버려진 폐비닐을 수거하고 처리하는 데 쓰이는 법은 없다. 새 비닐을 공급하고 농약과 비료와 각종

농자재를 지원할 줄만 알았지 쓰레기로 변했거나 쓰다 남은 농업용 폐기물을 처리하는 예산은 없다. 소비할 줄만 알았지 소비한 찌꺼기를 처리할 줄 아는 양심은 사라진 것이다. 똥만 눌 줄 알았지 쌓여가는 똥을 치울 줄은 모르는 것과 다를 것이 없다.

자치단체장은 농부의 밭에 박힌 농약병과 펄럭이는 폐비닐은 뒷전인 채 도시의 경관을 아름답게 하는 데 혈안이다. 공원을 조성하고 도로 주변을 디자인하고 공연장과 도서관을 짓는다. 하수처리 시설을 만들고 자동차 도로를 개설한다. 천박하고 비루해진 생명의식과 환경의식을 되찾는 일에는 관심도 없다. 겉은 반지르르하지만 속에서는 구린내가 풍긴다.

폐비닐은 오늘도 마을 곳곳을 쓸려다닌다. 밭 한쪽에서는 모아둔 폐비닐에 용감하게 불을 질러 태워버리는 농부도 있다. 시커먼 연기가 푸른 하늘을 뒤덮는 재앙을 아무렇지도 않게 지켜본다.

어느 날 장대를 들고 산으로 갔다. 밤나무 아래 서서 가지에 걸린 검은 비닐을 떼어냈다. 질긴 비닐은 나뭇가지에 둘둘 말려 좀체 떨어지지 않는다. 장대를 들어 후려치기도 하고 찌르기도 한다. 알 지하드의 검은 복면을 털어낸다. 떨어져나간 폐비닐이 눈부신 태양에 반짝이며 땅으로 내려앉는다.

그날 밤나무 가지마다 걸려 있는 폐비닐을 벗겨내고부터 꿈속에서 본 열사의 땅 이라크의 알 지하드 손에 들린 초승달 같은 칼날이 사라졌다. 대신 검은 복면을 뒤집어쓴 농부들이 나타났다.

검은 복면의 농부들이 파란 낫을 들고 나무의 새순을 싹둑 자른다. 옥수수 목을 딴다. 내 몸에서는 식은땀이 솟는다.

나는 애써 밤나무에서 아기 손가락 같은 꽃술이 무수히 올라오는 모습을 상상한다. 검은 폐비닐 대신 노란 꽃이 만발한다. 만발한 밤나무꽃은 초가 지붕처럼 둥글게 부풀어오른다. 밤꽃 향기는 마을 구석구석을 둥실둥실 떠다닌다. 나의 마당까지 찾아온다. 이윽고 밤꽃 향기가 검은 복면의 농부를 온통 취하게 한다. 이것이야말로 나의 유일한 위안이자 희망이다.

진진이의 추석 쇠기.

추석이 다가오면 걱정거리가 하나 생긴다. 집을 비우고 고향을 다녀오는 동안 빈집을 지켜야 할 진진이 때문이다. 측은했다. 주인이 사라진 빈집에 홀로 남아 두려움과 배고픔과 그리움에 지쳐 있을 진진이가. 어느 추석날, 나는 문득 진진이가 되어보았다.

내 이름은 진진이. 나이는 여섯 살. 혈통은 진돗개라고 한다.

그러나 주인이 나의 혈통을 인정할 만한 족보 같은 것은 갖고 있지 않은 것 같다.

주인은 시골에 살고 있는 평범한 직장인이다. 주인 식구들은 추석이 오면 차를 타고 고향으로 떠난다. 주인이 추석을 쉬러 떠난 뒤 홀로 남아 빈집을 지키는 일은 참 외롭기도 하고 두렵기도 하다. 집이 텅 비면 슬금슬금 불안해진다. 사람들은 개가 용맹스럽다고 하지만 나는 겁쟁이다. 바람에 비닐봉지가 날아와도 무섭다. 사람들은 개의 심정을 이해 못 할 것이다.

첫날 낮 시간은 그럭저럭 견딜 만하다. 문제는 어둠이 깔리는 밤이 시작되면서부터다. 빈집에서 홀로 밤을 맞이하는 것은 최악이다. 달그림자가 짙게 드리운 마루와 추녀 아래서 바스락거리는 소리가 들릴 때마다 무시무시하다. 획 하고 바람이 불어오면 감나무 이파리가 귀신 울음 소리를 낸다.

덜 익은 땡감이 떨어지면서 지붕에 쿵! 하고 부딪히기라도 하면 털이 바짝 선다. 밤새 토끼잠을 자며 집 떠난 주인 생각과 낯선 것들에 대한 경계로 두려움에 떨다가 새벽을 맞는다.

이튿날도 불안하기는 마찬가지다. 누군가가 주인 없는 우리 집을 침범이라도 할까 봐 멀리서 발자국 소리라도 나면 마구 짖어댄다. 짖으면서도 한편으로는 꿀린다. 주인이 없기 때문이다. 만약 불행한 일(개도둑이라든지 흉기를 든 악당이 나를 처치하고 집을 털려는 경우)이 발생했을 때 누가 나를 보호해줄 것인가? 두려워 미칠 지경이다. 그래서 열심히 최선의 방어 수단으로 멍! 멍! 짖는다.

주인은 언제 오냐고? 주인은 하루를 보낸 뒤 이튿날 늦은 밤이면 정확하게 돌아온다. 1박 2일인 셈인데 홀로 집에 있는 나를 걱정한 배려라고 본다. 나는 저녁 땅거미가 슬금슬금 깔리기 시작하면 벌써 주인이 오기만을 기다린다. 담 너머 동네 진입도로를 하염없이 바라본다. 자동차 소리가 들리면 두 귀를 쫑긋 세운다.

주인의 자동차는 소리만 들어도 알 수 있다. 주인이 운전하는 자동차의 부릉부릉대는 엔진 소리가 확실하다. 나는 무척 좋아서 제자리를 빙빙 돈다. 목에 매단 줄만 아니면 달려나가 주인에게 껑충 달라붙고 싶다.

주인이 "진진아!" 하고 차창을 열고 외친다. 나는 야속함과 반가움이 한꺼번에 겹치면서 그만 낑낑, 신음 비슷한 소리를 내면서 꼬리를 흔들어댄다.

집에 불이 켜지고 사람 사는 소리와 주인 냄새가 서서히 마당을 덮는다. 갑자기 기운이 솟구친다.

주인이 떠다주는 물을 한 그릇 비우고 나니 배가 고프다. 나는 그제야 이틀 동안 입에 대지 않은 밥을 먹기 시작한다. 꿀

맛이다. 단숨에 다 먹어치우자 하품이 나온다. 긴장이 풀리면서 졸음이 쏟아진다. 지옥 같았던 1박 2일이지만 나는 참 행복한 개라는 생각이 든다. 하지만 추석이라는 명절은 없었으면 좋겠다.

진진이는 어느 초겨울 나와 함께 마을 뒷산으로 산책을 나갔다가 숲 속으로 사라졌다. 진진이가 일곱 살 되던 해였다. 이 마을로 이사 올 때 한 살 된 강아지였는데, 문득 집을 나가 돌아오지 않았다. 마을 사람들은 진돗개는 영특하기 때문에 수개월이 지난 뒤에도 집을 찾아온다고 했다. 나는 일 년을 기다렸다. 진진이는 여전히 돌아오지 않았다.

녀석은 내가 보는 앞에서 바람처럼 홀연히 숲 속으로 휘익 달려 들어갔다. 그리고는 영영 나오지 않았다. 진진이는 집으로 돌아오지 않고 숲 속에서 무엇을 하는 걸까. 나는 저녁이면 버릇처럼 숲을 바라본다. 녀석은 여전히 일곱 살인 채 숲 속에 있고, 나는 세월을 따라가며 녀석을 생각한다.

산속의 조그만 저수지

집 건너편 산속에 조그만 저수지가 있다. 북쪽과 남쪽으로 잇대어 있는 계곡에 둘러싸인 이 저수지는 동쪽을 향하고 있다. 그 때문에 아침 한나절 잠깐 해를 맞고 나면 이내 그늘로 변해 종일 어둑어둑하다. 한여름에도 바람은 선선하고 물은 늘 차갑다. 손을 담그면 깨질듯 시리다.

이 저수지에서 썰매를 타던 남매가 얼음이 깨져 익사했다. 내가 이곳으로 이사 오기 아주 오래 전의 일이라고 한다. 처음 마을 사람에게 그 이야기를 들었을 때는 어디서나 일어날 수 있는 흔한 사고로 여겼다. 그런데 그 저수지를 직접 보고 난 뒤부터 은근히 두려움이 자리 잡았다. 으스스한 정경이 뇌리에 남았다.

그래도 숲 속의 오롯한 저수지가 좋아 휴일이면 가끔 이곳을 찾았다. 집에 있다가 마음이 끌려 저수지를 찾지만 역시 갈 때마다 선뜻 정이 가지 않았다. 따뜻하고 온화한 기운이 없기 때문이었다. 그래서 오래 머물지 못하고 이내 돌아오고는 했다.

이 저수지의 깊고 푸른 물에는 생물들도 살지 않는 것처럼 보였다. 들판의 저수지에서 흔히 볼 수 있는 개구리와 물방개도 뜸했다. 붕어와 미꾸라지 같은 민물고기도 잘 보이지 않았다. 흔한 물풀도 자라지 않았다. 가까이 걸어가면 풀숲 이곳저곳에서 후두두 달아나 저수지 주변으로 도망치는 여치와 사마귀 같은 곤충들도 보이지 않았다. 흔한 잠자리나 나비도 없었다. 산속의 조그만 저수지는 오로지 고요했다. 고요하다 못해 적막했다. 침묵 덩어리였다.

겨울이 오면 저수지는 꽁꽁 얼어붙었다. 이 산속에서 가장 먼저 얼음이 얼었다. 처음에는 수면이 유리처럼 투명한 얼음에 덮였다. 얼음은 점점 두께가 불어나면서 이내 바닥을 가렸다. 그 위에 눈이 내려쌓이고 낙엽이 덮여 저수지는 숲 속의 넓은 공한지로 변했다. 겨울 한철 사람들은 그 위로 나뭇짐을 져날랐다. 저수지는 존재감마저 잃어버렸다. 저 아래 깊고 푸른 물이 있다는 게 믿겨지지 않았다.

봄이 와 계곡의 버들개지가 피고 얼음이 녹아 물이 흘러내려도 저수지는 꿈쩍하지 않았다. 진달래가 꽃망울을 터뜨릴 즈음 두꺼운 얼음이 스르르 녹았다. 그러고도 한참 동안 저수지 수면 이곳저곳에 얼음 덩어리를 띄워놓고 있었다. 겨울이 남긴 차가운 흔적을 지워내기가 아쉽기라도 한 듯.

습지를 좋아하는 고라니마저도 이곳 저수지의 물은 마시지 않을 것처럼 보였다. 토끼며 다람쥐, 들고양이며 들쥐조차도 이곳 저수지의 차갑고 푸른 물은 마시지 않을 것 같았다.

뜨거운 여름이 왔어도 산속의 조그만 저수지는 여전히 차가웠다. 저수지 주변의 무성한 소나무에 둘러싸인 푸른 그늘이 늘 깊었다.

이 저수지는 왜 이리 차가운 것일까? 한심하다는 듯 냉랭한 눈길로 쳐다보다가, 문득 내가 이 차가운 저수지 같은 사람은 아닌지 깜짝 놀라 내 몸을 휘둘러본다. 내 속에 도사린 냉기가 산속의 조그만 저수지 못지않기 때문이다. 사람도 잡아먹을 만큼 차가운 것이 어디 산속의 차가운 저수지뿐이겠는가. 언제부터인가 산속의 차가운 저수지를 찾아가 산그림자와 구름을 그려놓은 수면을 바라볼 때마다 내 안의 냉기를 돌아보는 버릇이 생겼다.

다섯 번 장가간 영수 씨.

영수 씨는 키도 작고 눈도 작다. 얼굴은 모과처럼 못났다. 그는 늙은 어머니와 둘이서 산다. 위로 누나가 있다는데 한 번도 보지 못했다.

이 마을로 이사 와 그를 처음 보았을 때 그는 40대 초반으로 보였다. 노총각이라고 했다. 아버지가 일찍 돌아가신 뒤 마을에 남아 농사를 짓고 산다.

그의 어머니는 백설공주의 나라에 나오는 마녀처럼 허리가 굽고 볼은 쏙 들어갔으며 눈알이 부리부리했다. 한쪽 눈은 백태가 끼어서 눈동자가 반쯤 사라지고 없었다. 그런데도 병원에 갈 형편이 안 되는지 그냥 살고 있다. 머리를 감기는 하는 것인지 늘 부스스했고, 머리카락에는 부러진 나뭇가지와 타다 만 티끌이 붙어 있었다. 피부는 아프리카에서 온 노인처럼 검고 두꺼웠다.

영수 씨는 내가 이사 오기 전에 세 번 장가를 갔다고 한다. 그런데 그들 세 명의 신부들이 신방을 차린 지 며칠 지나지 않아 모두 도망쳐버렸다. 야밤중에 도망친 사람, 장 보러 읍내에 나갔다가 버스를 타고 사라진 사람, 배가 아프다며 병원에 간다고 나갔다가 영영 돌아오지 않은 사람 등 저마다 방법은 달랐지만 한결같이 영수 씨를 떠났다. 신부들이 영수 씨를 떠나간 사연을 알고 있는 마을 사람은 없었다. 다들 '무슨 사연이 있겠지…….' 하고 입을 다물었다.

어느 날 영수 씨가 새장가를 들었다. 내게는 첫 번째였지만 이 마을에서는 벌써 네 번째였다. 그런데 결혼식을 올리는 것도 아니고, 마을 사람들을 불러 잔치를 하는 것도 아니었다. 어느 날 문득 영수 씨 집에 새댁이 들어온 것이 전부였다.

새댁은 얼굴이 달처럼 둥글었는데 어려 보였다. 어딘지 생각이 좀 모자란 것 같기도 했다. 그래도 영수 씨가 자기 신랑이라고, 들일을 나갈 때면 방긋방긋 웃으며 따라나섰다. 처음 얼마간은 깨소

금 냄새가 날 만큼 다정스러웠다.

　한 달이 지났을 때부터 큰 소리가 나기 시작했다. 새댁은 뭐가 불만스러운지 마구 소리를 질러댔다. 영수 씨가 때리기라도 하면 마당을 도망쳐 나오면서 울었다. 약간 모자란 여자가 분명했다. 그래도 새댁은 갈 곳이 없는지 그냥 눌러살았다. 석 달쯤 지났을 때 마을에 새댁이 애를 가졌다는 소문이 퍼졌다. 그러고 보니 새댁의 배가 약간 부른 것 같았다. 그런데 어느 날 저녁 뭐가 잘못된 것인지 영수 씨 집이 시끄러웠다. 단지가 깨지고, 양동이가 날아다녔다. 그리고 그날 밤 늦게 새댁을 중매한 여자가 찾아와 새댁을 데리고 갔다. 그 사연을 아는 마을 사람은 아무도 없었다.

　영수 씨의 엄마는 어떡해서든 아들을 장가보내려고 마지막 있는 힘을 다 쏟았다. 아들 나이가 벌써 마흔 중반. 손주를 보기는커녕 하나뿐인 외아들을 홀아비로 만들지도 모른다는 불안이 그녀를 닦달하는 눈치였다.

　가을이 왔을 때 다섯 번째 여자가 들어왔다. 공교롭게도 영수 씨의 엄마는 그해 겨울 갑자기 죽고 말았다. 그런데 새로 들어온 여자는 보통이 아니었다. 눈매가 찢어지고 코는 약간 들렸는데 성격이 대단했다. 아니나 다를까 영수 씨는 다섯 번째 아내에게 꼼짝을 못 한다는 소문이 돌았다. 그녀의 논리적인 말에 대꾸 한번 못 한다고 했다. 영수 씨는 엄마라도 살아 있었으면 힘을 얻었을 텐데, 다섯 번째 아내에게는 쩔쩔맸다.

이듬해 봄 영수 씨는 다섯 번째 아내하고도 헤어졌다. 이번에는 아내가 도망친 것이 아니었다. 위자료를 받아 집을 나갔다. 1000만 원을 줬다고도 했고 2000만 원을 줬다고도 했다. 무엇 때문에 위자료를 준 건지, 새댁은 무얼 핑계로 당당히 위자료를 챙겨 간 것인지 아는 사람이 없었다. 영수 씨의 엄마가 살아 있었더라면 그렇게 허투루 위자료를 내주지는 않았을 것인데⋯⋯.

영수 씨는 이듬해 봄 대대로 물려받은 논과 밭을 팔아 읍내 아파트로 이사를 나갔다. 이사를 나간 이유는 단 한 가지였다. '시골에 살다가는 영영 장가를 갈 수 없다'는 것이었다.

이제 영수 씨의 집은 고양이와 거미들의 집이 되었다. 마당은 잡초가 무성했다. 나는 영수 씨의 빈집을 지날 때마다 읍내로 나간 그가 장가를 갔는지 궁금했다. 여섯 번째 새댁은 도시에 살지만 실은 농투성이인 착한 영수 씨를 닮아서 다시 이곳 시골집으로 돌아올 수 있기를 바랐다.

지난 주말 영수 씨가 시골집에 나타났다.

"다시 돌아온 거요?"

나는 반가워서 물었다.

착한 영수 씨는 빠진 앞니를 보이며 웃다가 느릿느릿 대꾸한다.

"아니, 누가 집을 보겠다고 해서요."

"집까지 내놨어요?"

"돈이 필요해서요."

"장가들려는 거로군요."

"베트남 여자를 데려오는 데 2000만 원이 든다네요."

영수 씨는 오후 내내 집을 보러 온다는 사람을 기다리다가 마루에 누워 잠이 들었다. 낡고 초라한 시골집을 팔기란 쉽지 않다. 집을 보러 왔다가 귀신이 나올 것 같은 풍경에 놀라 되돌아갔는지도 모른다. 영수 씨는 땅거미가 내려올 무렵 빈집을 나섰다. 온다던 사람은 끝내 오지 않았다. 도시로 나가는 그의 뒷모습이 짠하다. 마음을 붙이지 못해 팔려고 내놓은 빈집이 골목길을 나서는 주인을 바라보고 있다.

쓸데없는 생각.

폴짝! 폴짝!

무엇인가가 방바닥을 뛰어다니는 소리에 잠을 깼다. 창으로 달빛이 들어와 나뭇잎과 창틀 그림을 그려놓고 있었다. 귀뚜라미일까? 고개를 돌려보니 베갯머리에 청개구리 한 마리가 달빛 속에서 나를 빤히 바라보고 있다. 가만히 보니 청개구리의 불룩한 가슴이 팔딱팔딱 뛰고 있다. 실내의 건조한 공기 때문에 숨 쉬기가 힘든 모양이다. 늦은 여름이면 종종 청개구리가 방 안으로 들어오는데, 어디로 들어오는 것인지 신기했다.

나는 이부자리에서 일어나 폴짝폴짝 내빼는 청개구리를 잡기 위해 따라다녔다. 몇 차례 실수 끝에 겨우 손바닥에 들어온 청개구리는 미끌미끌한 살이 말라서 쭈글쭈글했다. 발에는 먼지가 잔뜩 달라붙어 보기에도 애처로웠다. 나는 청개구리의 발에 붙은 먼지를 떼어낸 뒤 창문을 열었다. 창가에는 수국이 자랐다. 달빛을 받은 수국잎은 반질반질 윤기가 돌았다. 청개구리를 수국 잎사귀에 가만히 놓아주었다. 녀석은 넓은 수국 잎사귀 사이를 폴짝폴짝 뛰어 숨어버렸다. 청개구리는 가끔 방으로 잘못 들어왔다가는 내 손에 붙들려 그렇게 밖으로 쫓겨나가곤 했다.

가을이 찾아와 아침저녁으로 바람이 차가워지고 기온이 뚝 떨어지면 청개구리는 색깔을 바꾸기 시작했다. 수돗가에 놓아둔 세탁기의 호스에 들어가 밤 동안 추위를 피하는 녀석도 있고 대나무를 잘라 만든 울타리의 죽통에 들어가는 녀석도 있다. 낮에는 단풍이 들기 시작하는 잎사귀 아래 붙어 날벌레를 잡아먹고 놀다가 밤이 되면 따뜻한 장소를 찾아드는 것이다.

간혹 음지에서 꼼짝달싹 못 하고 떠는 청개구리를 보면 얼른 손아귀에 쥐어서 양지 쪽으로 옮겨놓는데 그 일이 녀석에게 얼마나 도움이 되는지는 모르겠다.

가을이 지나고 겨울이 시작될 즈음이면 나는 청개구리가 동면冬

眠 한다는 사실을 믿지 못해 마음을 졸인다. 믿겨지지 않기 때문이다. 저렇게 여리고 나약한 몸으로 추운 겨울을 난다는 것이 실감나지 않는다. 청개구리들이 겨우내 땅속에 들어가 잠을 잔다는 것인데, 저렇게 약한 살로 어떻게 땅을 파고 들어가는 것인지도 궁금했다. 그냥 얼어죽는 개구리들이 더 많은 것은 아닐까 하는 쪽으로 의혹이 일었다.

초겨울에 발견되는 청개구리는 여름철의 산뜻하고도 윤기 흐르는 초록색 표피를 잃어버린 뒤다. 나무껍질 흡사한 짙은 갈색으로 변해 돌틈이나 나뭇가지 사이에 숨어 떨고 있다. 땅속 어딘가에 동면할 장소를 마련하지 못한 녀석들이다.

나는 이 녀석들을 발견할 때마다 연민이 느껴져 손으로 잡아내 따뜻한 양지 쪽으로 옮겨준다. 어서 겨울잠 잘 곳을 찾아봐! 그런 심정으로……

첫 추위가 지나간 날이면 마당과 집 주위에서 얼어죽은 청개구리를 만난다. 마른 대나무 울타리의 죽통 속 깊은 곳이나 벽돌 사이 구멍에서 추위를 피해 용케 버티고 살아 있는 녀석들은 더욱 강한 추위가 닥치면 영락없이 얼어죽을 것이다.

동면하지 못하고 얼어죽는 청개구리를 보면서 지혜가 부족한 건지, 유전 인자가 잘못 작동된 것인지, 이런저런 생각을 한다. 한편으로는 겨울잠을 자고 내년 봄 다시 깨어날 청개구리들보다 얼어죽은 녀석들이 더 행복할지도 모른다는 위안도 해본다. 내년 봄은 어떤 시련이 기다리고 있을지 모르니까. 굳이 따지고 보자면 겨울잠을 자며 살아 있는 녀석이 더 행복한지, 일찍 얼어죽은 녀석이 더 행복한지는 아무도 판단할 수 없다.

부피가 너무 커도 만질 수 없고 너무 작아도 만질 수 없는 것과 다를 게 없다는 생각, 소리가 너무 커도 들을 수 없고 너무 작아도 들을 수 없는 것과 같다는 생각, 올겨울에 죽으나 내년 봄에 죽으나 크게 다를 것이 없다는 생각, 긴 겨울 동안 잠에 들어 만사를 잊는 거나 겨울잠을 버리고 아주 영면하는 것과 무엇이 다를까 하는 생각.

우리 집에 동거하는 청개구리들은 나를 종종 이런 쓸데없는 생각으로 빠뜨린다.

흰색 구절초는 가을다운 꽃이다.
높고 파란 하늘과 뜨거운 가을볕에 당당하다.
꽃을 보노라면 저절로 힘이 난다.
거침없이 쭉쭉 올라온 구절초의
화사한 줄기와 꽃은 가을의 절정이다.

곶감은 겨울 간식이지만 간식 너머 추억 씹기의 매력이 더 크다.
눈 내리는 겨울날 빨간 곶감을 씹으며
감 풍년이었던 지난 가을 생각에 미소 지을 수 있으니.

가을 낙엽은 모여서 스크럼을 짠다.
홀로 떨어져서는 긴 겨울을 나기가
너무 고독하기 때문이다.

목수木手 강씨의 운수 없는 날。

나의 집을 지어준 주택업자 강씨는 시골 마을 목수木手다. 얼굴이 둥근 달걀형인데 눈도 메추리알처럼 동그랗게 모여 있다. 게다가 그의 눈알은 금방이라도 밖으로 튀어나올 것처럼 보인다. 그래서 나는 목수 강씨의 닉네임을 '붕어'라고 붙였다.

붕어는 걸핏하면 "집을 다 짓고 나면 개고기를 잡자"고 말했다. 보신탕을 매우 좋아하는 사람 같았다. 때마침 초복도 가까워

오고 있었다. 나는 집이 완공되면 붕어 강씨를 읍내 장터로 데리고 나가 보신탕을 실컷 먹여줄 요량이었다.

이슬비가 부슬부슬 내리던 초복날 강씨가 기어이 일을 저지르고 말았다. 새벽부터 잔뜩 흐린 하늘에서 비가 뿌리자 일손을 놓은 강씨가 아랫집 농부를 꼬드긴 것이다. 강씨는 집짓기를 하는 서너 달 동안 아랫집 농부와 친해졌는지 죽이 맞았다. 농부는 강씨에게 기르던 개를 헐값에 넘기는 대신 개고기를 함께 나누기로 한 모양이었다.

붕어 목수 강씨가 내게 전화를 걸어와 개를 잡았으니 빨리 오라고 다그쳤다.

"복날인데 탕 한 그릇 하셔야죠."

맙소사, 완공을 앞둔 집으로 가보니 벌써 마을 사람들이 진을 치고 있었다. 개를 잡았다는 소문이 돌았는지 이슬비가 내리는데도 잔칫집 분위기였다. 자전거를 타고 올라온 이장, 오토바이에 친구까지 실어온 포도밭 주인, 지팡이를 짚고 올라온 노인 등 열댓 명은 됐다. 그들은 마당 한쪽에 평상을 내놓고 앉아 개고기를 뜯어먹었다. 미완공인 나의 집 마당은 땀을 줄줄 흘리며 고기를 먹느라 쩝쩝거리는 소리만 떠돌았다. 비가 내리는데도 몹시 후텁지근한 날씨였다.

나는 강씨와 아랫집 농부가 작당해서 벌인 일이 마뜩치 않았지만 화를 낼 수도 없었다. 개고기를 장만하는 데 집주인인 내가 보탠 돈은 한푼도 없기 때문이었다. 다만 개를 잡은 장소가 내 집이고 그 개를 먹는 장소도 내 집이라는 것이 꺼림칙했다. 성질 같아서는 그들을 당장 집 밖으로 쫓아버리고 싶었지만 마을 사람들에게 그 정도는 묵인해야 한다는 것이 나의 판단이었다. 개고기 한 점을 내미는 강씨에게 나는 집안에서 대대로 개고기를 금한다며 둘러댔다.

비 오던 여름날의 개고기 잔치는 끝났다. 그리고 보름 뒤 집이 완공됐다. 나는 8월 초순 무더위 속에 이사를 했다. 집 정리가 대강 끝났을 때 주택업자인 목수 강씨의 아내에게 전화가 왔다. 붕어 강씨가 읍내 병원 중환자실에 입원했다는 것이다. 며칠 전 나의 집에서 건축비 잔금을 받아간 그였다.

나는 읍내 병원으로 달려갔다. 아내가 침상 옆에 앉아 강씨를 바라보고 있었다. 강씨는 잠들어 있었다.

"새벽에 옆동네 축사 지붕을 수리한다고 갔는데, 지붕에서 떨어졌다네요."

아내는 너무 놀란 것인지 목소리가 기어들어갈 듯 작았다. 아내의 설명에 따르면 목수 강씨는 자신의 전공인 목수 일을 하다가 중상을 입은 것이었다. 낡고 오래된 슬레이트 지붕을 교체하기 위해 지붕에 올라갔다가 슬레이트 지붕이 깨지면서 축사 바닥에 엉덩이째 쿵 하고 떨어진 것이었다.

"이 사람이 만날 하는 일이 지붕 고치는 건데, 세상에 지붕에서 떨어진다는 것이 말이 돼요?"

아내는 믿을 수 없다며 혀를 찼다. 그러면서 남편이 다친 것은 단순한 실수가 아니라 재수가 나빴기 때문이라고 단정지었다. 재수가 나빠 당한 사고라고?

"재수가 없다니요?"

나는 붕어 강씨의 사고를 재수가 나빴기 때문이라고 말하는 아내에게 호기심이 생겼다.

"재수가 나쁘지 않았으면 지붕에서 떨어질 리가 없다고요. 저 사람이 분명 뭔가 재수 나쁠 짓을 했을 거예요."

나는 한숨을 내쉬었다. 내 머리에 떠오르는 강씨가 범한 '재수 나쁠 짓'은 아무리 아니라고 변명해도 아랫집 농부가 기르던 개를 잡아먹은 일이었다. 비 내리던 초복날, 완공되지도 않은 나의 집 마당에서 벌어진 개고기 잔치가 엊그제 일처럼 떠올랐다.

붕어 목수는 다행히 목숨에는 지장이 없지만 허리를 크게 다쳐 척추에 철심을 박아야 한다고 했다. 앞으로 목수 일은 할 수 없다는 것이 의사의 진단이었다.

병실 밖으로 나오려는데 강씨가 의식을 차렸는지 나를 부른다. 동그란 얼굴이 일그러졌다. 바싹 마른 입술을 혓바닥으로 쓱 핥더니 억지로 웃는다.

"사람 팔자 한치 앞을 모른다더니……. 목수가 지붕에서 떨어질 줄 어찌 알았겠어요."

"원숭이도 나무에서 떨어진다는데, 목수라고 지붕에서 떨어지지 말란 법이 있나요. 빨리 쾌차하세요."

나는 집으로 돌아오면서 목수 강씨의 사고가 개고기와 상관없기를 바랐다. 목수도 지붕에서 떨어질 수 있는 것 아닌가. 죽은 개가 산 사람을 지붕에서 떨어뜨렸다는 소리는 들어보지 못했으니까.

하루살이 친구.

내가 사는 시골은 겨우내 눈 보기가 어렵다. 겨울 동장군이 물러나고 입춘과 우수와 경칩이 지날 무렵이 되어서야 느닷없이 눈이 내린다. 그래서 이곳은 춘설春雪이 잦다.

3월에 내리는 춘설은 1월의 겨울눈과 다르다. 습기를 많이 머금어 무겁다. 맹추위에 푸슬푸슬 날리는 눈과도 다르다. 내리면 곧장 얼어붙는 겨울눈과 달리 연하고 약해서 발에 밟힌 자국에 물이 고인다. 혹한기 때 눈을 밟으면 뽀드득뽀드득 소리가 나지만 봄눈을 밟으면 소리 없이 으스러져 질척이는 소리가 난다.

새벽에 소복이 내려 쌓이더라도 한나절 만에 사르르 녹아서 사라진다. 처마에서는 눈 녹은 물이 빗물이 떨어질 때처럼 장단을 맞춘다. 춘설은 이처럼 한바탕 꿈을 꾼 것 같이 불쑥 왔다가 돌아간다.

봄눈이 내린 3월 초순 경칩날 아침 눈사람을 만들었다. 습기가 많아 눈은 잘도 뭉쳐진다. 눈덩어리를 굴리다 보면 눈처럼 잘 부풀어오르는 것도 없다. 몸통을 만들고 머리통을 만든다. 눈사람의 눈은 까만 돌을 주워 엄지로 꼭꼭 박아넣는다. 눈썹은 솔잎을 붙이고 코와 입은 마른 나뭇가지를 이용한다. 마지막으로 내가 쓰고 있던 까만 털모자를 씌운다. 잘생긴 눈사람이 내 앞에 서 있다.

눈사람을 만들고 나서 녀석과 대화를 시도한다. 홀로 지내다 보면 말을 나눌 사람이 그립다. 넌 어디서 왔느냐? 세상이 잘 보이느냐? 눈사람은 빙그레 웃을 뿐 대답이 없다. 벌써 땀을 흘린다. 봄눈은 밤새 제아무리 많이 쌓여도 해가 뜨면 곧장 녹는다. 견딜 재간이 없을 것이다.

경칩 무렵의 한낮 태양은 제법 뜨겁다. 눈사람은 시시각각 작아진다. 흙으로 만든 사람은 태양을 쬐며 키가 크고 눈으로 만든 사람은 키가 줄어든다. 점심을 먹고 나서 마당에 나가보니 눈사람의 코가 떨어지고 없다. 눈사람이 녹으면서 입과 눈썹도 차례대로 떨어질 것이다.

해가 중천을 지나 서쪽 하늘로 세 뼘쯤 기울었을 때 눈사람의 머리도 세 뼘이나 비스듬히 기울었다. 나를 보고 구부정하게 인사하고 있다. 녹아서 사라지기 전에 작별 인사를 고하듯. 둥근 얼굴도 녹아내려 윤곽이 흐려졌다. 그 형태가 썩어문드러진 살과 같다. 물먹은 솜처럼 주저앉는 난쟁이 눈사람이다.

저녁에 마당으로 나와보니 눈사람이 사라졌다. 하루살이 친구가 벌써 돌아가버렸다. 눈사람이 서 있던 자리에는 물이 고여 있다. 까만 털모자가 눈사람의 흔적이다. 흥건한 물자국 앞에 서서 사라진 눈사람을 생각한다. 눈사람을 찾다가 이 생각 저 생각에 빠진다.

나는 매일 녹고 있는데도 매일 크는 것으로 착각하고 사는 것은 아닌가. 키울 줄만 알고 살찌울 줄만 알았지 털어내고 빼낼 줄 모르는 것은 아닌가. 눈에 보이는 것에만 현혹되어 사는 것은 아닌가. 있다가 없어질 현상에 집착하고 있는 것은 아닌가.

경칩 무렵의 저녁은 낮과 밤의 심한 일교차로 대기의 색깔이 유난히 투명하다. 땅거미가 다가오면 이내 기온이 뚝 떨어져 살얼음이 언다. 눈사람이 남기고 간 자취도 응결된다. 까만 털모자를 집었더니 살얼음이 놓아주지 않는다.

봄눈 내린 아침에 눈사람을 만들고 눈 녹은 저녁에 사라진 눈사람을 찾겠다며 서성이는 내게 휘익, 바람이 불어온다. 없지만 있는 바람이 늘 있기만 하는 나에게 시비를 건다.

노부부의 자식.

나의 집 뒷밭은 여름 한철 고추와 참깨가 함께 자란다. 가을이 오면 배추와 무가 그들과 자리를 바꾼다. 집 안에 있을 때는 북쪽 창문 너머로 환히 보이는 밭이다. 연탄불을 갈러 갈 때면 낮은 담장 너머로 가지런하게 펼쳐지는 100평 남짓한 밭이다.

이 밭은 늘 정갈하다. 주인의 근면함 때문이다. 고추가 자랄 때나 겨우내 빈 밭일 때나 지저분한 법이 없다. 여름에는 잡풀이 자

157

랄 새가 없고 겨울에는 고추 받침대와 비닐이 나뒹구는 일도 없다.

밭은 주인을 닮는다는 말이 맞다. 이 밭의 주인은 10년이 지나도록 변함이 없다. 늘 부부가 함께 밭일을 하는데 사철 한치의 게으름도 피우지 않는다. 두엄을 넣고 씨앗을 뿌리고 물을 주고 받침대를 세우는 일이 밀레의 그림 〈만종〉 속 농부처럼 경건하다.

고추가 붉게 익기 시작하면 꿩 우는 소리가 이 숲 저 숲에서 들려온다. 그들은 꿩 우는 소리를 들으며 하루도 빠지지 않고 밭으로 올라와 가장 잘 익은 고추부터 따낸다. 끝물 고추를 다 따낸 뒤에는 고춧대를 뽑고 밭을 갈아엎은 뒤 배추와 무를 심는다. 늦가을 서리가 내리면 배추를 수확하고 빈 밭을 정리하는데, 요령 한 번 부리지 않는다. 세월이 흐르는 동안 변한 것이 있다면 농부의 머리카락이 하얗게 변한 것과 얼굴 주름살이 굵어진 것뿐이다.

부부는 일을 하는 동안 둘이서 알콩달콩 대화를 나누는 일도 없다. 굳이 말을 하지 않아도 속으로는 다 알고 있는 것처럼 손발이 척척 맞는다. 다투는 법도 없다. 남자의 입에서 큰 소리가 나는 일도 없다. 수줍음을 타듯 늘 조용하기만 하다. 그렇게 종일 일을 하고는 경운기를 타고 집으로 내려간다. 부부는 하루의 절반은 밭에서, 나머지 절반은 집에서 보낸다.

부부가 사는 집은 마을 골목길 중간에 있다. 그의 집으로 가는 골목길은 양쪽으로 탱자나무 울타리가 이어져 있다. 그의 집 탱자나무 울타리는 이발사가 머리를 깎아놓은 듯 단정하다. 볼 때마다 시원하고 맑다.

그들 부부가 사는 집도 밭처럼 깨끗하다. 대문을 열고 들어서면 빗자루 자국이 선명한 마당부터 말끔하다. 농사를 지으면서도 이렇게 청결하게 사는구나! 농기구와 비료를 보관하는 창고도 깔끔하다. 깨끗한 것만큼이나 조용하다. 워낙 말이 적은 농부여서 적적하기까지 하다.

이들 부부에게는 자식이 없다. 양자도 들이지 않고 둘이서 산다. 그 세대 어른이 자식 없이 부부 둘만 산다는 게 의외였다.

그들 부부에게 자식은 곡식이었다. 그러다 보니 밭을 갈고 씨를 뿌리고 채소를 길러 수확을 하기까지의 모든 과정이 단순한 노동이 아니었다. 그들에게 곡식을 키우는 일은 자식을 키우는 일과 똑같았다. 부부가 한몸으로 받아서 난 자식은 아니지만 자연이 준 씨앗을 싹 틔우고 길러서 성장시키고 열매를 맺게 하는 정성이 담긴 양육이었다. 그래서일까, 그들 부부가 키운 곡식은 다른 밭의 곡식과 확연히 달랐다. 자식을 키우듯 대하는 곡식은 분명 다른 농부의 곡식과 달랐다. 빛깔부터 크기와 맛에 이르기까지 특별했다.

어느 휴일 오전 집 뒤쪽의 창고에 갔다가 그들 부부를 보았다. 뜨거운 햇볕을 쬐며 고추를 따고 있다. 남자의 허리에는 복대가 감겨져 있다. 지난봄부터 허리가 아프다고 했다.

"병원에 가보셔야지요?"

모처럼 대화를 나눈다. 남자는 빙그레 웃기만 한다. 원체 말이 없는 사람이다. 웃음을 멈추고는 조용조용 말한다.

"읍내 병원에 가봤는데도 소용없더라고. 늙으면 아픈 것이 당연한 거니까, 아픈 허리 나무랄 게 아니라 그냥 아픈 허리하고 친구 삼아 살아야지."

그리고는 툭! 툭! 고추를 딴다.

고추밭 속에서 고추를 따는 부부의 표정은 늘 웃는 모습이다. 자식에게 주지 못하는 정을 고추에게 주는 중이다. 손길은 진중하고 발걸음은 흐트러지지 않는다. 고추를 상하지 않게 하기 위해서다. 고추를 대하는 자세가 사람을 대하듯 가볍지 않다.

"우리 고추 잡숴봐요. 된장에 찍어 먹으면 고소해요."

여자가 언제 땄는지 아직 덜 자란 풋고추를 한소쿠리 내밀며 웃는다. 예순 살을 훌쩍 넘은 그들 부부는 밭에서 기른 곡식이 집에서 기른 자식들이다. 몇 자녀를 키우는 부모만큼이나 수만 개 곡식을 정성껏 돌보며 수고하는 그들이 아름다워 보인다.

꿩 소리가 고추밭 너머 도토리나무 숲에서 경쾌하게 들려온다. 고추 따는 농부의 손놀림이 장단을 맞춘다.

꿩! 툭! 꿩! 툭! 꿩!

똘배나무집 노인.

　날씨가 제법 후텁지근한 장마철이었다. 마을 똘배집 노인이 나를 찾아왔다. 대문 옆에 한 그루 똘배나무가 서 있는데 어찌나 정성스럽게 가꾸는지, 나는 그 집을 볼 때마다 똘배집이라 불렀다. 집주인도 덩달아 '똘배집 노인'이 됐다.

　모시적삼을 정갈하게 차려입고 머리를 말끔히 빗어넘긴 멋쟁이 노인이다. 몸은 작고 마른 편이어서 품이 넉넉한 모시적삼이 잘 어울렸다.

나는 예고도 없이 갑자기 찾아온 노인이 부담스러웠다. 사전에 아무런 연락도 없었다. 대문에 서 있는 그를 집 안으로 모시고 차를 내왔다. 그렇게 마주 앉아서도 노인의 용건이 궁금했다.

노인은 젊은 내게 깍듯이 예의를 갖추었다. 허리를 꼿꼿이 펴고 자세를 흩트리지 않았다. 당당하면서도 범절이 있는 풍채에 대하기가 어려웠다.

숨을 돌린 뒤 노인이 말을 꺼냈다.

"내게 못난 자식이 하나 있는데, 회사에 보증을 잘못 서서 집안이 풍비박산하게 됐다오."

"아! 그랬군요."

노인은 체면이 말이 아닌 것을 스스로 알면서도 나에게 그간의 사정을 털어놓았다. 자식을 살리는데 체면이 무슨 소용이랴. 노인의 사정은 이랬다. 도시에 취직해서 일하던 아들이 회사에서 보증을 서달라고 해서 보증을 서주었는데, 회사 사장이 고의로 부도를 내고 잠적했다는 것이다. 아들이 보증으로 잡은 것은 아버지의 똘배집과 논과 밭 모두였다. 채권자는 보증인에게 빚을 갚지 않으면 압류를 하겠다고 엄포를 놓으면서 아들을 찾아다닌다고 했다. 빚을 갚지 못하면 조상 대대로 물려받은 집은 말할 것도 없고 수천 평의 땅이 경매에 넘어갈 지경이었다.

노인이 모시적삼 아랫주머니에서 손수건을 꺼내 땀을 닦았다.

눈가에 고인 눈물도 함께 묻어났다.

"경비 시스템 회사였는데, 이 회사 사장이 신형 장비를 급히 구입해야 한다며 아들보고 보증을 서서 은행 융자를 받아달라고 했던 것인데, 알고 보니 사전에 작정하고 부도를 낸 것이었다오."

도시는 물론 시골에서도 아주 흔한 고전적인 사기 수법이었다. 그러나 나는 난감했다. 내가 똘배집 노인의 청을 어떻게 들어준단 말인가.

"선생님은 많이 배우신 분이니까 문제를 해결하는 데 도움이 되지 않을까 해서 이렇게 염치불구하고 올라왔습니다. 시골에서 평생 농사만 짓고 살아온 나 같은 무지렁이가 뭘 알아야지요."

노인이 다시 손수건으로 얼굴의 땀을 닦아냈다. 얼굴이 발개졌다. 나는 이 사기 사건의 전말을 알기도 어렵거니와 해결할 능력은 더더구나 없었다. 똘배집 노인은 나를 과대평가하고 있는 것이었다.

"저, 저는 사실 그럴 만한 능력이 없습니다만……."

어쩌자고 딱 거절을 못 한 것인지! 우유부단한 성격 탓이다! 나는 뒷말을 구차하게 이어갔다.

"일의 자초지종을 알아보겠습니다."

노인은 몇 차례나 고개를 숙였다. 그러고 나서 자신이 직접 쓴 것으로 보이는 호소문과 편지를 내밀었다. 모든 사건의 전말과 억울한 사연이 구구절절 적혀 있다고 했다. 그리고 자리를 일어나 집으로 돌아갔다. 선비풍이 물씬 풍기는 똘배집 노인의 모시적삼 등 쪽에 땀이 젖어 있다. 대문 곁에 똘배나무가 우뚝 서 있는 집을 향해 돌아가는 노인은 나에게 큰 기대를 걸고 있는 눈치였다.

나는 그날 이후 노인을 찾아가지 못했다. 시내에 나가 노인이 적어준 경비 시스템 회사를 찾아가봤지만 회사는 이미 문이 닫혀 있었다. 몰래 줄행랑을 쳤다는 이 회사의 부도덕한 사장을 만나기는 더욱 불가능했다. 그의 전화번호조차 알아낼 수가 없었다. 경찰도 아닌 내가 무슨 수로 노인 아들의 억울함을 풀 길을 찾을 수 있단 말인가. 노인 앞에서 너무 경솔하게 대답한 것이었다.

차일피일 미루다 보니 한 달이 지났다. 그리고 일 년이 훌쩍 지났다. 나는 똘배집을 찾아가 노인에게 나의 능력으로는 도저히 불가능하다는 사실을 고백해야 했다. 그런 마음을 먹었지만 정작 똘배나무가 서 있는 노인 집으로 가지 못했다. 그러면서 죄지은 사람처럼 마을 길목에서 노인을 마주치기라도 할까 봐 조마조마했다. 우유부단하고 게으른 탓이었다. 한심한 사람!

어느 날 똘배집 노인이 병원에 입원했다는 소식이 들렸다. 아뿔싸! 빚더미에 앉은 아들 걱정에 모든 재산을 날리게 된 근심까지 더해 병을 얻은 것이 분명했다. 집과 땅이 경매에 넘어갔는가, 아들은 채권자들에게 붙들려가 고초를 당하지는 않았는가.

한 달이 지났을 때 병세가 호전돼 집으로 돌아온 노인을 보았다. 노인은 대문 옆에 서서 똘배나무를 바라보고 있다. 바짝 야윈 몸에 도수 높은 안경과 중절모를 쓰고 있다. 마음 같아서는 전지가위로 배나무 가지를 쳐주고 싶은데, 몸이 말을 듣지 않는다.

"어르신!"

노인을 부르자 고개를 돌린다. 이맛살을 찌푸린다. 내 가슴이 덜컹 내려앉는다. 햇빛이 노인의 하얀 얼굴을 화사하게 빛냈다.

"누, 누군교!"

"저, 모르시겠어요?"

"몰라요."

고개를 흔든다. 노인은 벌써 온갖 세상 일은 기억 밖으로 내던진 듯 보였다. 밤새 눈 한번 붙이지 못하게 했던 세상 근심도 새처럼 날아간 것이었다. 못난 아들도, 조상 대대로 지켜온 땅도, 지푸라기 잡는 심정으로 기대를 걸었던 마을 젊은이도 다 잊어버린 눈이었다. 세상의 모든 기억을 밀어낸 노인의 얼굴은 어린아이처럼 맑고 천진난만했다.

집 안으로 들어온 벌.

집 동쪽 밭 자투리 땅에 벌통을 늘어놓고 벌을 치는 농부가 있다. 그 때문에 나의 집 마당과 주변은 봄부터 벌들의 날갯짓 소리가 요란하다. 날이 가물기라도 하면 수돗가 양재기 주위로 물을 마시러 온 벌들이 까맣게 달라붙는다. 그 광경은 눈에 익은 지 오래다.

벌은 해코지를 하지 않으면 먼저 사람을 쏘지 않는다. 위기를 느낄 때 방어의 수단으로 침을 쏜다. 벌의 꽁지에 달린 침 때문에 무섭기는 하지만 익숙해지면 겁이 없어진다. 벌이 붕붕 날개 소리를 내며 가까이 다가와도, 머리와 목과 얼굴 사이로 아슬아슬 비행을 해도 대수롭지 않게 하던 일을 하다 보면 어느새 붕! 하고 다른 곳으로 날아가버린다.

설령 어쩌다 벌에 쏘이기라도 하면 봉침 한 대 맞은 것으로 생각하면 된다. 비싼 돈 주고 일부러 봉침을 맞는 사람도 있는데, 공짜로 한 대 맞으니 얼마나 좋은가.

초여름 한낮에 창문을 활짝 열어놓았더니 벌 한 마리가 방으로 들어왔다. 벌은 방 안을 붕붕 소리를 내며 몇 바퀴 돌더니 잘못 들어온 것을 알고는 이내 밖으로 나가려고 시도했다. 그런데 열린 창문이 아니라 하필 반대쪽 닫아놓은 창문 유리에 달라붙었다. 벌은 유리창에 붙어 유리 너머 바깥쪽으로 날아가기 위해 날개를 흔들었다. 쉬지 않고 날개를 흔들어대는 바람에 그 소리가 유난히 컸다. 벌은 눈앞에 빤히 보이는 건너편으로 가려 하지만 앞으로 나갈 수 없는 것에 화가 난 듯 필사적으로 날개를 흔들며 몸부림쳤다.

보이지 않는 유리 장벽이 자기 앞을 가로막고 있다는 것을 벌이 알 리가 없다. 벌은 자기만의 생리적인 직관으로 움직인다. 날개를 흔들어 앞으로 가면 되는데, 보이지 않는 벽에 막혀 그곳으로 갈 수 없는 것을 이해하지 못한다. 보이지 않는 벽을 인지하지 못한다. 환히 보이는 건너 쪽으로 갈 수 없는 현실을 인정할 수 없다.

그러면서 불안해한다. 불안은 날갯짓을 더욱 강렬하게 만든다. 날개를 흔들어 앞으로 나가야 한다는 일념뿐이다. 답답한 실내에서 밖으로 빠져나갈 것이라는 의지가 뜻대로 되지 않자 서서히 집착으로 바뀐다. 이곳을 벗어나 반드시 드넓은 창공을 날고야 말겠다는……. 벌의 집착은 해소되지 않는다. 갈수록 심해진다. 그렇다고 투명 유리가 그를 내보낼 리 없다. 그래도 벌은 포기하지 않는다. 이윽고 광란으로 변해간다. 벌은 동시에 기진맥진 지쳐간다. 마음의 파장이 커지면 커질수록 육체의 기운은 뚝뚝 떨어진다.

붕! 붕! 붕! 붕!

벌이 갑자기 날갯짓을 뚝 멈춘다. 유리창에 달라붙어 5분여 동안이나 쉬지 않고 흔들어대던, 거의 광적으로 몸부림치던 날개를 멈춘 것이다. 포기한 것일까.

벌은 미끄러운 유리창에 붙어 날갯짓을 멈추고 숨을 가다듬고 있다. 벌은 유리 너머 바깥으로 가는 일을 포기한 것이다. 집착을 버리고 욕심을 버리고 마음을 내려놓는다. 유리 너머 바깥 세상은 꽃과 풀과 상쾌한 공기가 넘치는 곳이다. 벌은 답답한 실내에 갇혀 건너편 세상으로 가는 일을 포기하고 만다. 용을 쓴다고 갈 수 있는 곳이 아니라는 사실을 그제야 깨달은 것이다.

나는 벌이 불쌍해 보였다. 어리석게도 활짝 열려 있는, 서너 뼘 옆쪽의 창문으로 빠져나가면 될 텐데도 벌은 끝까지 직진하려고만 한다. 곁눈질 한번 하지 않고 오직 정면의 유리 막을 넘어가겠다고

용을 쓴다.

그때 바람이 휘익, 불어왔다. 거친 바람이 아무 저항도 없이 기진맥진해서 유리창에 겨우 붙어 있던 벌을 흔들었다. 벌은 바람에 실려갔다. 바람은 저항 없이 힘이 빠져 유리에 겨우 붙어 있던 벌을 날려버렸다. 벌은 불어온 바람에 실려 저도 몰래 열려 있던 창문을 통해 밖으로 날아간다. 눈 깜짝할 사이다.

바람에 실려 창밖으로 나간 벌은 그제야 정신을 차린 듯 날개를 턴다. 은빛 날개가 눈부시다. 햇살에 반사된다. 제자리를 몇 번 돌더니 파란 하늘로 날아오른다.

나는 벌을 날려보낸 바람이 벌이 날갯짓을 멈추었을 때 갑자기 불어온 것이 아니라는 것을 안다. 바람은 그전부터 불었다. 다만 벌이 날개를 흔들며 유리창을 관통해 나가려는 에너지로 버티었기 때문에 끄떡없었던 것이다. 날개를 멈추고 포기했을 때 바람은 전과 똑같이 불어왔다.

벌이 포기했을 때, 모든 것을 내려놓았을 때 바람은 벌을 밖으로 날려보냈다.

통
장
의　포
도
밭。

마을 통장은 포도 농사를 짓는 농사꾼이다. 사시인데 농사를
아주 잘 지었다. 내가 이 마을로 이사 왔을 때부터 그는 사시 눈을
가지고 있었다. 무슨 사연인지는 모르지만 왼쪽 눈동자의 초점이
맞지 않아 그와 정면에서 마주보고 있으면 내 눈을 맞추는 것이
아니라 엉뚱한 곳을 바라보는 것이어서 자꾸만 그의 눈을 맞추려
했다. 그러나 통장의 눈길은 나의 눈을 직시하는 것이라는 사실을

뒤늦게 알았다.

통장은 나의 집 삼거리 언덕 너머에 포도밭을 가지고 있다. 그곳 땅은 물기가 많은 데다 질퍽이기까지 해서 척박했다. 통장은 그 땅을 비옥하게 하려고 며칠 동안 경운기에 강가의 기름진 흙을 실어나르기도 했다.

동이 트기 전 이른 새벽에 경운기를 몰고 올라가 별이 초롱초롱한 밤에야 내려왔다. 경운기에는 통장 말고도 그의 아내가 함께 타고 있었다. 그들 부부는 농번기가 오면 하루도 빠지지 않고 나의 집 삼거리 언덕길을 넘어갔다 돌아왔다.

이른 봄에는 거름을 실어나르고 봄이 한창일 때는 농약을 뿌릴 수 있는 장비를 싣고 올라갔다. 여름이 오면 매일 경운기에 검은 포도를 실어내렸다. 통장은 분명 농사를 위해 이 세상에 태어난 사람이었다. 성실하고 우직했다. 비가 오나 눈이 오나 게으름을 피우는 일이 없었다.

그 와중에 통장 일까지 맡았다. 통장이 나의 집을 찾아오는 일이라고는 일 년에 고작 2, 3일 정도였다. 이장에게 줄 모곡(쌀을 십시일반 거두어 수고비로 주는데 지금은 현금으로 주는 것이 일반화돼 있다)을 거두러 올 때와 보건소에서 받아온 구충약과 구급품을 나눠주러 찾아왔을 때가 전부였다. 표정이 굳어 있고 웃는 법을 모르는 통장은 그래도 마음씨만은 따뜻한 사람이었다.

어느 날 집에 도착해보니 통장 집에서 앰뷸런스가 나오고 있었다. 마을 사람들에게 물어보니 통장이 밭일을 하다가 갑자기 쓰러졌다고 했다. 평생 종합병원에서 건강검진 한번 받아보지 않은 통장은 혈압이 높은 줄도 몰랐다.

그날 이후 이른 새벽 집 앞 삼거리 언덕길을 올라가던 경운기 소리가 사라졌다. 왠지 기분이 씁쓸했다. 탕! 탕! 탕! 하며 요란스럽게 새벽 공기를 흔들던 경운기가 사라지다니! 새벽 바람을 쐬면서 포도밭에 있어야 할 통장이 도시 병원의 갑갑한 병실에 누워 있다고 생각하니 가슴이 답답했다.

통장의 아내는 남편의 병수발을 하느라 시골집에서 도시 병원으로 출퇴근을 했다. 집에서 포도밭으로 출퇴근하던 부부가 이제 한 사람은 콘크리트 병원에 묶여 있고 다른 한 사람은 어두운 안색으로 시골 마을을 출입했다. 통장은 목숨을 건졌지만 몸이 불편해졌다. 손과 발을 제대로 움직일 수가 없다.

일 년이 지났을 때 통장의 아내는 포도밭을 팔았다. 그렇게 마련한 돈으로 도시에 작은 아파트를 샀다. 도저히 농사를 지을 수 없게 됐으니 남편과 함께 병원 다니기에 편한 아파트 생활을 하려는 것이었다.

아내는 그래도 시골집과 딸린 텃밭은 남겨두었다. 남편이 어느 정도 운신할 수 있게 되자 아내 혼자 매일 시골집과 도시집을 오갔다. 이른 아침 버스를 타고 마을 입구에 내려 집으로 들어왔다. 그리고 해가 질 무렵이면 마을을 나가 도시로 가는 버스를 기다렸다.

통장이 농사를 짓던 포도밭은 2년째 손질을 하지 않아 황폐해졌다. 아마도 도시 사람이 투기 목적으로 사놓은 것이 분명했다. 시골땅을 사놓고 얼굴 한번 내밀지 않는 일이 흔하다.

며칠 전 산책을 나갔다가 골목길에서 통장의 아내를 만났다. 버스를 타려고 집을 나서는 길이라고 했다.

"통장님은 많이 좋아졌나요?"

"혼자서 걷기도 하고 밥도 먹고 해요. 그래도 일은 못해요."

"시골에서 살면 건강에 좋을 텐데……."

"찬바람을 조금 쐬면 금방 감기에 걸려요. 몸이 약해져서 바깥출입도 제대로 못하는걸요."

통장의 아내는 그래도 매일 시골에 들어와 텃밭을 가꾸고 거기서 수확한 채소를 솎아가는 재미로 산다고 했다.

"이런 재미도 없으면 못 살아요."

통장 아내의 얼굴이 저녁 이내로 검어 보였다. 이와 눈동자만 희게 보였다. 남편 따라 경운기를 타고 언덕길 넘어 포도밭을 다니던 때가 엊그제 같은데, 지금은 딴 세상을 살고 있다. 통장의 아내는 시내로 가는 버스를 놓칠세라 종종걸음으로 시골 마을을 떠난다.

고라니와 난쟁이 유채꽃。

지난해 가을 잡초로 뒤덮인 집 아래쪽 300여 평 밭을 이장에게 부탁해 갈았다. 벌써 수년째 주인이 돌보지 않는 묵은밭이었다. 이 밭의 임자가 투기용으로 사들인 뒤 얼굴 한번 내밀지 않기에 나라도 묵은밭을 가꿔보자는 생각이었다.

밭을 정리해 배추와 무씨를 뿌리고 나머지 땅에는 유채씨를 뿌렸다. 그런데 배추와 무씨를 너무 늦게 파종하는 바람에 마음껏

자라기도 전에 서리를 맞고 말았다. 보름달이 차기 전에 파종을 해야 했는데 그만 시기를 놓치는 통에 일주일이나 늦었다. 내가 키운 배추와 무로 김장을 담그려던 계획은 물거품이 됐다. 그래도 덜 자란 배추와 무를 수확해 김장에 보태기는 했다.

배추와 무는 실패했지만 유채는 성공이었다. 늦은 가을 내내 어찌나 잘 자라는지 초겨울까지도 싱싱한 이파리가 보기 좋았다. 유채는 겨우내 얼어붙어 시들었다가 봄이 오자 가장 먼저 새순을 내밀었다. 머잖아 노란 꽃이 만개할 터였다.

그런데 3월 중순이 됐는데도 유채 싹이 올라오지 않았다. 파릇파릇한 새순이 올라와야 꽃을 볼 텐데, 어찌된 것인지 싹이 자라지 못했다. 봄인데도 눈이 펄펄 날리는 늦추위 탓이려니 하고 조금 더 기다리기로 했다. 이해 봄은 기상 이변이라고 할 만큼 늦추위가 기승을 부렸다.

나는 새순이 자라기를 기다리다 지쳐버리고 말았다. 아무리 기다려도 초록의 유채 싹이 쑥쑥 자라지 않았다. 어느 날 아침, 도대체 어찌 된 것인지 원인을 알아보기 위해 유채밭으로 들어갔다가 깜짝 놀랐다. 유채의 새순이 똑똑 끊어져 있었다. 순이 잘렸으니 유채가 자랄 수 없는 것이 당연했다.

밭에 쪼그려 앉아 유채 순을 살폈다. 어린 순이 마치 낫에 잘린 듯 일정하게 난쟁이가 돼 있었다. 누가 일부러 그랬을 리는 없었다. 어린 순을 뜯어 무쳐먹을 만큼의 크기는 안 되기 때문이다. 그

때 밭이랑 곳곳에 고라니의 발자국이 보였다.

뒷밭 주인은 봄이 오기 전 이미 밭 테두리에 망을 쳐놓았다. 보기에 흉한 테두리 그물망을 보고 이유를 물었을 때 농부는 고라니 피해를 막기 위해서라고 했다. 그때는 농부가 좀 인색하다는 생각을 했다. '고라니가 좀 먹으면 어때서?' 그런 여유를 부렸다. 그런데 내가 당하고 보니 생각이 달라졌다.

마침 동네 할머니가 쑥을 캐러 올라왔다가 황망해하는 나를 보고 훈수를 둔다.

"고라니가 가장 좋아하는 것이 유채하고 시금치라오!"

그래서 주민들이 밭두렁마다 그물을 쳐놓는 것이다. 고라니가 들어와 새순을 뜯어먹지 못하도록……. 할머니 말을 듣고 나니 고라니가 괘씸한 생각이 들었다. 애써 가꾼 유채 싹을 인정사정 보지 않고 뜯어먹다니!

혀를 끌끌 차며 돌아나오다가 밤마다 창 너머로 들려오는 고라니 소리를 떠올렸다. 가만 생각해보니 야생 고라니가 먹이를 찾아 집 가까이 내려오는 모습이 그려졌다. 메마른 야산에서 신선하고 부드러운 유채와 시금치 같은 먹잇감을 찾기란 쉽지 않을 터였다. 고라니 녀석이 먹었다면 나쁠 것이 없겠구나 하는 생각이 들었다. 서로 나눠 먹으면 그만이지, 나 혼자 다 먹겠다고 그물까지 쳐놓을 필요는 없었다. 그래도 농사를 지어 생계를 이어가는 마을 농부들의 입장을 생각하면 그들의 그물 치기는 당연한 것이기도 했다.

결국 나는 그물을 치지는 않았지만 그 때문에 어쩌면 유채꽃을 볼 수 없을지도 몰랐다. 그래도 믿기로 했다. 유채를 뜯어먹다 보면 어느새 지천에 이런저런 새순이 마구 돋아날 테고, 그러면 고라니도 먹이가 풍부해져 위험을 무릅쓰고 마을까지 내려오지 않을 것이다. 내가 가꾼 유채 싹을 더 이상 뜯어먹지 않겠지. 그때쯤이면 나의 유채도 쑥쑥 새순이 피어오르겠지.

나의 예측은 정확했다. 4월이 지나자 유채 순이 자라기 시작했다. 고라니들은 풍부해진 먹이를 만나 나의 유채밭에는 더 이상 관심을 두지 않는 듯했다.

문제는 꽃이었다. 고라니에게 뜯어먹힌 순이 다시 돋아 자라나는 바람에 키가 다 크기도 전에 꽃망울을 터뜨린 것이다. 밭은 난쟁이 유채꽃으로 뒤덮였다. 마을 사람들은 난쟁이 유채꽃이 만개한 초보 농부의 채소밭 겸 풀밭 겸 꽃밭을 한심하면서도 재미있다는 듯 구경한다.

알코올 아저씨.

절로 가는 길과 나의 집으로 가는 갈림길에 기와집이 있다. 이 집에는 늙은 아버지와 중년의 아들이 함께 살았다. 여든 살이 넘은 늙은 아버지는 오래전 아내를 먼저 여의고 홀로였다. 아들도 사정은 마찬가지. 아내가 집을 나간 후 돌아오지 않아 역시 홀몸이었다.

그들은 불행하게도 서로가 홀아비 신세인 것도 모자라 견원지

간犬猿之間처럼 다퉜다. 무슨 이유로 그처럼 사이가 멀어진 것인지, 때로는 동네가 시끄러울 만큼 큰 소리를 내며 다투었다.

나의 관심을 끄는 쪽은 아들이었다. 아들은 훤칠한 키에 몸이 마른 편이고 눈매는 선했는데 어찌된 일인지 매일 술에 취해 살았다. 그는 아침 일찍 일을 보기 위해 집을 나설 때면 자전거를 이용했다. 오후가 돼 집으로 돌아올 때는 읍내에서 마신 술에 취해 자전거를 타기는커녕 제대로 끌고 가지도 못했다. 비틀비틀거리다가 자전거와 함께 골목길에 쓰러져 잠들 때가 많았다. 그러면 지나가던 마을 사람이 그를 골목 옆으로 끌어당겨 뉘었다. 넘어진 자전거도 담 옆에 기대어 세워놓았다. 그렇게 한두 시간 길바닥에서 자고 나면 몸을 추리고 일어나 자전거를 끌고 집을 향해 올라갔다.

그의 얼굴과 팔다리는 성할 날이 없었다. 시멘트 바닥에 넘어져 얼굴을 갈았고 자전거에 부딪혀 팔다리가 퍼렇게 멍들었다. 끼니는 제대로 잇는 것인지, 반찬은 어떻게 해먹는 것인지, 아버지와 아들뿐인 두 남자의 살림이 궁금했다.

마을 사람에게 들어서 알게 된 것인데, 그의 아내는 읍내 식당에서 일을 해주며 산다고 했다. 시아버지와 남편의 그칠 줄 모르는 다툼에 질린 때문이라고 했다. 자녀들도 어머니를 따라 읍내에서 함께 살았다.

7월 하순의 어느 날 저녁이었다. 해는 졌지만 온도와 습도가

높아 온몸이 땀으로 끈적거렸다. 이날도 두 홀아비가 격돌했다. 평상시와 달리 싸움의 강도가 매우 격렬했다. 나는 분위기가 심상치 않은 것 같아 갈림길로 내려가보았다. 술에 취한 아들이 아버지를 죽이겠다며 날 선 낫을 손에 쥐고는 마당에 서서 방 안에 있는 아버지를 향해 고함을 질렀다. 원망과 후회로 가득한 절규였다. 마을 사람들이 너도나도 아들을 달랬다. 낫을 쥔 아들은 밤이 깊어 술기운이 가라앉으면서 진정이 되고서야 겨우 잠들었다.

이튿날 아침 읍내 파출소의 순찰차가 아랫집 마당에 도착했다. 함께 온 경찰관이 아들을 순찰차에 강제로 태웠다. 아버지가 아들을 정신병자라며 경찰에 신고한 것이다. 낫을 들고 아버지를 죽이겠다며 난동을 부렸으니 알코올 중독자에 정신병자라고 해도 틀린 말은 아니었다. 이웃 노인들은 그가 늘 술에 취해 사는 것과 아버지와 자주 다툰 일과 지난밤 행패가 사실이라고 증언했다. 아들은 꼼짝없이 정신병원으로 끌려갔다.

그날 이후 술에 취한 그의 모습을 볼 수가 없었다. 가을이 가고 눈 내리는 겨울이 왔어도 그는 돌아오지 않았다. 봄이 와 진달래꽃이 피고 할미꽃이 폈지만 그의 모습은 볼 수가 없었다.

아들이 돌아온 것은 일 년이 지난 7월 하순 여름이었다. 살찐 얼굴과 햇빛을 보지 못해 하얗게 변한 피부가 전혀 다른 사람처럼 보였다. 그는 일요일이 오면 성경과 찬송가를 들고 마을 교회로 갔다. 사람들은 그가 정신병원을 다녀오더니 좋아하던 술도 끊고 교회도 나간다며 신기해했다. 무엇보다도 아버지와 다투는 소리가 사라졌다. 내 눈에는 전혀 딴 사람으로 변해서 돌아온 그가 반갑지 않았다. 오히려 이상해 보였다. 사람이 저렇게 변할 수도 있다는 것이 무서웠다.

새사람이 되어 돌아온 그가 술에 취해 골목길을 올라오는 것을 보았다. 집으로 돌아온 지 한 달이 막 지나서였다. 옛날의 그 모습 그대로였다. 나는 그런 모습이 오히려 좋았다. 문제는 조용하던 집에서 다시 큰 소리가 터져나온 것이었다. 한 달이라는 짧은 휴전이 끝나고 다시 전쟁이 시작된 것이다. 마을 사람들은 실망을 감추지 못했다. 농부들 눈에는 결코 고칠 수 없는 영락없는 천하의 알코올 중독자였다.

마을 사람들은 두 홀아비의 지리멸렬한 다툼을 운명처럼 받아들이는 눈치였다. 결코 멈추지 않고 계속될 싸움에 대해 체념했다. 그런데 어느 날 갑자기 모든 것이 끝나고 말았다. 달이 해를 가리듯 예상치 못한 일이 일어났다.

늙은 아버지가 갑자기 죽었다. 나이가 여든을 넘긴 노인이 밤 사이 느닷없이 숨을 멈추었다고 해서 이상할 것은 없었다. 아버지는 잠자리에 들었다가 예고도 없이 숨이 끊어졌다. 영영 깨어나지 못하고 그날 밤 저승으로 갔다.

아버지가 죽고 나자 읍내에 나가 살던 그의 아내가 돌아왔다. 자녀들도 모두 시골집으로 왔다. 나는 이제 아들의 심경에도 변화가 생길 것이라고 기대했다.

기대는 여지없이 깨졌다. 그는 아버지가 죽었는데도 여전히 술에 취해 살았다. 달라진 것이라고는 아버지와 싸울 때처럼 고성을 지르거나 행패를 부리지 않는다는 점이었다. 물론 남을 해코지하거나 피해를 주는 일도 없었다. 아내와 자녀들에게 큰 소리 한번 치지 않았다. 그저 홀로 술에 취해 살았다.

분노와 원망의 대상이었던 아버지가 떠나갔지만, 마음을 달래고 삭여줄 술을 포기하지는 못하는 것 같았다. 그는 이른 오전 술기운이 덜할 때면 아내와 함께 밭일을 했다. 그래도 늦은 오후가 되면 여전히 술에 취해 자전거를 타고 집으로 돌아오다가 골목길에 쓰러져 잠들었다. 그러면 아내가 내려와 깨워서 데리고 올라갔다.

아버지가 죽고 몇 년이 흘렀지만 그는 여전히 술에 취해 살았다. 늘 웃는 얼굴이었다. 집은 평화롭고 조용했다. 마당에 기르는 두 마리 개도 주인을 닮아 순했다. 고양이는 담장에 올라앉아 머리를 파묻은 채 잠들어 있고 아내는 마당에 빨간 고추를 널었다.

그가 유일하게 화를 폭발시킨 대상은 오직 한 사람 아버지뿐이었다. 그와 아버지 사이에 감추어진 비밀은 무엇인지, 아들과 아버지는 왜 평생 쉬지 않고 그토록 다툰 것인지 나는 그들 부자간의 비밀을 알 수 없었다. 아버지는 아들에게 어떤 상처를 준 것인지, 아들은 왜 아버지를 미워하며 술로 마음을 달랜 것인지……

아버지가 숨을 거둔 지 벌써 10년이 지났다. 아들의 나이도 어느새 예순을 훨씬 넘겨 늙었다. 요즘도 그는 술에 취해 살고 있다. 이웃에게는 손톱만큼의 피해를 주지 않고 잘산다. 술에 취해 살지만 겸손하다. 자신의 행보를 여유롭게 유지해간다. 잘난 체하고 약삭빠른 농부들보다 느리고 단순하지만 결코 그들을 부러워하는 눈치도 아니다.

햇볕이 몹시 따가운 초가을 주말 오후였다. 빨간 고추가 익어가고 있었다. 골목길에서 그를 만났다. 그와 자전거가 길바닥에 나란히 넘어져 있었다. 술에 취한 그는 어지러워서 일어서지를 못한 채 주저앉아 있었다. 마을 꼬마 녀석들이 그 앞에 서서 뭐라 얘기를 주고받으며 놀고 있었다. 가까이 다가가보니 꼬마들이 그를 놀리고 있었다. 꼬마들은 그를 향해 "알코올 아저씨!"라며 장난을 쳤다. 얼큰히 취한 그의 얼굴에는 미소가 가득했다. 자신을 향해 '알코올 아저씨'라고 부르는 개구쟁이들을 향해 천진난만하게 웃기만 하는 그의 얼굴은 영락없는 돌부처였다. "예끼 놈!" 꼬마들과 티격태격하는 그는 덩치만 어른이지 개구쟁이 소년이기도 했다.

나는 꼬마들을 나무랄까 하다가 모르는 척했다. 알코올 아저씨는 지금 마을 꼬맹이들과 놀고 있는 중이었다.

우주인의
훈계.

우주인은 마을에 사는 총각이다. 건너편 절 아래 있는 집에 사
는데 다리를 심하게 절룩거린다. 어릴 때 소아마비를 앓고부터 두
다리가 휘었다고 한다. 그 때문에 걸음걸이가 정상인과는 다르다.
몸이 그래서인지 우주인은 마을에서 바보 취급을 당하고 자랐다.
  우주인이 10대였을 때, 발가벗은 몸으로 마을 골목길을 활보하
고 다닌 일이 있었다. 추운 겨울이었는데 우주인은 홀딱 벗은 알

몸으로 바보처럼 실실 웃으며 절룩절룩 마을을 돌아다녔다. 성징이 드러나는 사춘기 소년의 돌출 행동이었다.

어머니가 쫓아와 손바닥으로 철썩! 소리가 날 만큼 아들의 등짝을 때려 집으로 데려갔지만, 그 일로 우주인은 더욱 바보 취급을 당했다. 부모는 그를 아예 학교에 보내지 않았다. 바보를 학교에 보내봐야 득 될 게 없다는 생각인 듯했다.

우주인은 또래 아이들이 학교를 가고 나면 마을에 홀로 남아 들일을 하는 어른들 잔심부름을 하거나 강아지를 데리고 노는 일이 전부였다. 우주인의 강아지는 보기에도 늘 불쌍했다. 나는 우주인이 귀엽다며 품에 안고 다니는 강아지가 실은 불안에 떨고 있다고 믿었다. 간혹 강아지가 주인장인 우주인 때문에 자살을 하지는 않을까 걱정될 정도였다.

우주인은 골목길을 오가며 강아지의 두 다리를 꽉 쥔 채 정월 대보름날 횃불 깡통을 돌리듯 했다. 그러면 강아지는 깽깽거리며 부들부들 떨었지만 우주인은 귀엽다며 더욱 세게 돌렸다. 내가 봐도 바보가 분명했다.

어쩌다 우주인과 마주치기라도 하면 인사성은 밝아서 "아저씨 안녕하세요!" 하고 인사를 썩 잘한다. 자라면서부터 또래 아이들보다 마을 어른들하고 어울려서 그런지 말투도 중늙은이다.

"아침 일찍 어딜 가시는가 베요?" 이런 식이다.

그런데 우주인의 얼굴을 볼라치면 절로 눈길이 돌려진다. 세수하고는 담을 쌓고 사는 것인지 눈곱이 덕지덕지 붙어 있고 입 가장자리로는 허연 침자국이 설탕가루처럼 붙어 있다. 부모가 아침에 일어나면 세수를 해야 한다는 것조차 가르치지 않은 것이다. 가끔은 눈곱이 눈꺼풀을 본드처럼 들러붙게 만들어놓은 적도 있다. 부모는 바보가 세수를 한다고 똑똑해질까 보냐는 생각에 아예 체념한 것 같았다.

우주인도 나이가 들어 어느새 20대 중반이 됐다. 덩치가 또래들보다 훨씬 컸다. 요즘도 가끔 골목길에서 마주치는데 그가 애용하는 것이 전동 휠체어다. 다리가 불편해서 부모가 사준 것이다. 나름대로는 볼일이 많은지 우주인은 전동 휠체어를 타고 골목길을 바삐 오갔다. 그런가 하면 종종 홀로 사는 노인들 집 마당에서 말벗이 되어주는 우주인을 볼 때도 있다. 아마도 한가할 때인가 보다. 그런 모습을 볼 때면, 못난 자식이 효도한다는 말처럼 우주인은 마을 노인들에게 효자이기도 하다.

4월 어느 날 읍내에 볼일을 보러 마을 버스 정거장에 갔다가 파란 페인트를 칠한 나무 의자에 앉은 우주인을 만났다.

곁에 앉자 말을 걸어온다.

"아저씨, 읍내 가시나 봐요?"

"그래."

나는 짧게 대답했다.

그랬더니 대뜸 이상하다는 듯 나를 쳐다본다.

"우산은요?"

"우산?"

우주인의 한 손에는 접이식 우산이 들려 있었다.

"오후에 화산재가 섞인 비가 온다잖아요! 산성비 맞으면 머리가 다 까진다는데…….""

그것도 몰라요? 하는 투로 나를 나무란다. 그렇잖아도 아이슬란드의 화산 폭발로 전 세계가 비상이 걸렸다는 뉴스가 한창이었다. 나는 날씨 예보를 미처 챙기지 못한 것이다.

"그러네. 마스크를 가져올걸."

"마스크는 필요 없어요."

우주인은 딱 잘라 말했다.

"화산재가 비에 섞여 내린다잖아요? 우산만 있으면 돼요."

허, 참! 나는 난감했다. 그러고 보니 우주인 말대로 마스크는 필요가 없었다. 순간 내가 바보가 된 기분이었다. 나는 입을 닫고 마음속으로 읍내 친구 가게에서 우산을 빌려야겠다는 생각을 했다.

대화가 끊겼나 했는데, 이번에는 얼마 전부터 버스 정류장에 내놓은 낯선 나무 의자로 화제를 돌렸다.

"의자가 있으니 좋긴 좋네요. 그런데 이거 누가 만들었을꼬?"

나는 모르는 척했다. 며칠 전 아내가 집에서 톱과 망치로 패목을 이용해 만든 나무 의자에 파란 페인트를 칠한 뒤 마을 버스 정류장에 내다놓은 것이었다. 버스 정류장 시설이 되어 있지 않아 마을 입구 가게 앞에서 버스를 기다리는 동안 노인들이 걸터앉아 허리를 펴라고, 딴에는 신경을 쓴 것이다. 나는 시침을 뗐다.

"글쎄……."

"그런데 의자만 달랑 만들어놓으면 뭐 하노! 가리개가 있어야제."

우주인은 불만스럽게 투덜댔다. 나무 의자를 만든 사람이 들으라는 듯. 그러고 보니 우주인의 지적이 옳았다. 햇빛과 비를 막아줄 지붕이 필요했다. 우주인은 고개를 갸웃거리더니 말을 이었다.

"읍사무소에서 의자를 만들어놨으면 가리개도 만들었을 텐데, 가겟집에서 만들었는강?"

우주인은 온갖 추측을 했다.

내가 훈수를 뒀다.

"땅이 개인 거라서 가리개 설치를 못 했겠지!"

"그람은 뭐, 꼭 여기에다 해야 한다는 법이라도 있나요? 저기 넓은 땅에 만들면 되지요."

우주인은 정류장 아래쪽 공한지를 가리킨다.

"아무튼 대가리가 안 돌아가니까 그래요! 머리를 써야 한다니까요. 아저씨 내 말이 맞죠?"

"그, 그래. 네 말이 맞는 것도 같다."

그때 시내버스가 도착했다. 우주인은 한 손에 들린 손잡이 우산을 빙빙 돌리다 말고 절룩거리며 버스에 올랐다. 나는 버스에 오르며 문득 하늘을 올려다보았다. 화산재가 섞인 먹구름이 금방 비를 뿌릴 듯 낮게 떠가고 있었다.

진진이.

진진이는 진돗개였다. 이 마을로 이사를 오던 해 처남이 얻어다준 강아지였다. 이름을 진진이로 짓고 나서 손수 나무를 자르고 못을 박아 집을 만들어주었다.

진진이는 무럭무럭 잘도 자랐다. 마냥 낑낑대던 강아지가 대문 밖에 나타난 낯선 마을 사람을 보고 짖던 날, 나는 환호성을 질렀다. 컹! 컹!도 아니고 왕! 왕!도 아닌, 어린 강아지와 성견의 중간쯤 되는 홍! 홍! 하는 소리가 귀를 솔깃하게 만들었다.

진진이는 짖기 시작하면서부터 바깥쪽의 동태를 알려주는 초병 역할을 충실히 했다. 낯선 사람이 집 가까이 오거나 자동차가 올라와도 짖었다.

처음 몇 년 동안은 진진이의 초병 역할에 눈이 멀었던 내게 서서히 이런저런 불편한 것들이 들어왔다. 가장 마음에 걸리는 것은 진진이가 하루 종일, 아니 365일 목줄에 묶여 지내는 것이었다. 개팔자려니 하다가도 불쌍했다. 줄에 묶여 주인이 주는 밥을 먹고, 낯선 침입자를 향해 짖고, 무료하면 엎드려 자는 것이 진진이의 삶이라니! 진진이의 일생이라니! 지름 4미터 이내의 한정된 공간이 그의 전부이자 일생을 보내야 할 터전이라니!

나는 주말이면 진진이를 데리고 뒷산으로 산책을 갔다. 산에서는 목에 묶인 줄을 풀어주었다. 진진이는 숲길을 따라 달리고 달렸다. 올라갔다 내려왔다 이리저리 날뛰기를 쉬지 않았다. 그래도 어쩔 수 없었다. 집으로 돌아오면 진진이의 목에 줄을 걸어 묶어야 했다.

진진이가 사라진 것은 초겨울이었다. 여느 때처럼 주말 오후 뒷산에 올랐는데, 목줄이 풀린 진진이가 숲 속으로 들어가서는 나오지 않았다. 나는 진진이가 숲 속을 마음껏 뛰어다니다가 산길을 내려오는 길에 나타나겠지 하고 믿었다. 진진이는 얼마 후 산길을 내려오는 동안에도 나타나지 않았다. 나의 기대가 깨진 것이다.

짧은 겨울해 때문에 벌써 사위가 어둑어둑했다. 집으로 돌아오면서는 진진이가 나보다 앞서 집에 도착했을지도 모른다고 여겼다. 그러나 그 기대 또한 실망으로 끝났다. 진진이의 집은 텅 비어서 썰렁했다. 저녁을 먹고 나서 마당에 나가보았지만 진진이는 돌아오지 않았다. 산은 검은 그림자에 뒤덮여 벌써 잠들 채비를 하고 있었다.

산속에 설치해놓은 사냥꾼의 덫에 걸린 걸까? 그렇다면 지금이라도 당장 올라가봐야 했다. 나는 서둘러 손전등을 들고 산으로 향했다.

"진진아! 진진아!"

숲 속을 향해 불러보았지만 솔가지를 스치는 바람 소리만 들려올 뿐이었다. 등에 땀이 흘렀다. 숲 속의 밤이 무서웠다.

집으로 돌아오면서 다시금 진돗개의 귀소본능을 믿었다. 개장수에게 끌려간 진돗개가 우리를 탈출해 한 달 만에 낯선 길을 걸어 집으로 돌아왔다는 신문 기사를 떠올렸다. 진진이는 진돗개라고! 그날 밤 나는 몹시 심란한 꿈을 꾸었다.

이튿날 새벽에 이장에게 전화를 걸어 집을 나가 돌아오지 않는 진진이를 찾는 방송을 부탁했다. 이장은 친절하게 마을 주민들에게 방송했다. 그러나 "집을 나간 흰색 진돗개를 찾습니다!"로 시작된 이장의 방송은 별다른 효과가 없었다.

텅 빈 진진이의 집을 바라보는 기분이 묘했다. 함께 지낼 때는 몰랐던 빈자리가 아주 컸다. 언젠가는 돌아오겠지. 진돗개니까.

나의 믿음은 여지없이 깨졌다. 한 달이 지나고, 두 달이 지나고, 석 달이 지나도 진진이는 돌아오지 않았다. 여섯 달이 지나고 나서야 나는 진진이가 사고를 당한 것이라고 인정했다. 개는 낯선 환경에 처하면 본능으로 주인이 있는 집을 찾아오기 때문이었다.

사고를 인정하자 도대체 무슨 일을 당한 것인지가 궁금했다. 숲 속 나무 아래 설치해놓은 사냥꾼의 덫에 걸려 죽었거나, 낯선 사람에게 붙들려 개장수에게 팔려갔거나, 아니면 진짜 나쁜 놈에게 걸려들어 보신탕으로 둔갑했을 수도 있었다.

길을 가다가 흰 진돗개를 만나면 진진이일 리가 없는데도 걸음을 멈추고 눈여겨본다. 진진아! 불러보기도 한다. 진돗개들은 생김새가 비슷비슷하다. 가만 바라보면 진진이의 얼굴이 아니다.

나는 지금도 뒷산을 바라볼 때면 진진이 생각을 한다. 지금이라도 옛 주인과 집을 생각하고 돌아올지 모른다는 엉뚱한 기대를 저버리지 않는다. 그럴 때마다 나는 진진이에게 어떤 사람이었는지를 돌이켜본다. 일용할 양식과 따뜻한 보금자리를 마련해준 것으로 역할을 다했다고 착각한 것은 아닌지. 개의 자유를 볼모로 나의 안위를 지킨, 못 할 짓을 한 것은 아닌지. 그런 치기 어린 반성도 해본다. 사람이 개를 키우는 일에 대해 심각하게 고민을 하게 만든 진진이는 도대체 어디로 사라진 것일까.

진진이가 가출한 지 벌써 7년이 지났다. 나는 7년째 그 수준의
생각에서 벗어나지 못하고 있다.

'살구'라는 이름의 강아지.

진진이가 숲 속으로 사라진 지 일 년이 됐을 때, 새 강아지를 키우기로 했다. 마침 순종 삽사리 한 쌍을 키우던 읍내 지인이 수 컷 한 마리를 선물로 주었다.

수컷 삽사리는 머리부터 발끝까지 황갈색 털이 부슬부슬 덮여 있었다. 눈을 뜨고 있는지 감고 있는지 모를 만큼 얼굴도 털에 가려 귀여웠다. 무엇보다 혈통 있는 강아지답게 족보까지 딸려왔다.

나는 새로 들어온 삽사리 강아지의 이름을 '살구'라고 지었다. 특별한 뜻이 있어서가 아니었다. 마당 서쪽 뜰에 자리 잡은 살구나무와 삽살개의 이름이 비슷하다는 생각에서였다. '살'은 삽살개의 '살'자로 '구'는 개 '구狗'를 붙여 '살구'라고 부르기로 했다.

진돗개 진진이에게서 얻은 교훈을 삽살이 살구에게 되풀이하지 않으리라는 다짐도 했다. 가장 먼저 시도한 것이 목에 줄을 매지 않은 것이었다. 삽사리는 진돗개와 달라 돌출 행동이라든지 독선적인 고집을 부리지 않았다. 주인의 눈치를 살피며 곁에 붙어다녔다. 내가 양지바른 마루에 나와 앉아 있으면 살구는 내 곁으로 슬그머니 다가와 엉덩이를 깔고 앞발을 내민 채 앉아 친구처럼 시간을 보냈다. 강아지 때부터 목에 줄을 매달지 않으면 개가 잘 순응해 커갈 것이라는 나의 기대는 적중하는 듯했다.

묶지 않으리라는 나의 다짐이 깨진 것은 엉뚱하게도 비 때문이었다. 이른 봄비가 며칠째 계속되고 있었다. 비가 내리면서부터 마당과 텃밭을 돌아다니던 살구의 발에 들러붙은 흙이 문제였다. 살구의 네 발에 들러붙은 진흙이 마루와 현관 바닥을 마구 어질러 놓았다. 비에 젖은 몸을 흔들 때마다 털과 물방울이 사방에 떨어져내렸다. 지저분하기가 말할 수 없었다.

나는 하는 수 없이 살구의 목에 줄을 매달았다. 비가 그치면 다시 풀어주리라고 생각했다. 그러니 불편하더라도 조금만 참으라고 말해주었다. 살구가 알아듣든 말든 내 뜻을 전달했다.

비 내리는 오후 시내에 나와 있는 나에게 한 통의 전화가 걸려왔다. 딸이었다.

"아빠……."

딸은 말을 잇지 못하더니 엉엉 울었다.

불길한 생각에 머리카락이 쭈뼛 섰다. 사고가 난 게 분명했다.

"살구가, 살구가 이상해!"

나는 딸을 진정을 시키고 나서 자초지종을 물었다. 살구가 목이 졸려 죽어간다는 것이었다. 아내는 살구를 살리려고 마당에 나가 있다고 했다. 집에 도착했을 때, 살구는 이미 의식이 없는 상태였다.

목이 묶인 살구는 담 너머 마을을 내다보고 싶었는지 담장 위로 기어올랐는가 보다. 늘 자유롭게 다니다가 목이 묶이니 오죽 답답했을까. 비를 맞으면서도 집으로 들어가지 않고 4미터 반경을 빙글빙글 돌다가 비에 젖어 미끄러운 돌담 위로 기어올라간 것인데, 그만 담 바깥쪽으로 미끄러져 넘어진 것이다. 돌담 밖은 골목길로 2미터쯤 되는 높이였다. 살구는 목이 졸린 채 매달려 있다가 숨이 막혀 죽은 것이다.

아직 체온이 따뜻했다. 나는 두 손으로 살구의 가슴을 눌렀다 뗐다 하면서 인공호흡을 시도했다. 30여 분을 씨름했지만 깨어나지 못했다. 차갑게 식어갔다. 살구는 너무나 어이없게 죽고 말았다. 차갑게 식은 살구의 시체를 그냥 보고 있을 수가 없었다. 어찌

할까 고민하다가 삽을 들고 집 아래 감나무밭으로 가서 구덩이를 파고 살구를 묻었다. 비는 내렸다 그치기를 반복했다.

집으로 돌아와 후들후들 떨다가 잠자리에 들었다. 잠자리에 누우니 살구가 그사이 숨이 트여 정신을 차렸을지도 모른다는 생각에 화들짝 이불을 걷어차고 일어났다. 삽을 들고 감나무밭으로 달려갔다. 흙을 파내고 살구를 꺼냈다. 살구는 얼음처럼 차가웠다. 숨을 쉬기는커녕 더욱 딱딱해져서 돌덩이처럼 변해 있었다. 살구를 도로 묻어주고 돌아와서는 뜨거운 물에 샤워를 했다.

그날 이후 지금까지 나는 개를 키우지 않는다. 개에게 자유를 줄 수 있는 환경이 되면 그때 다시 생각해보기로 했다. 개의 목에 줄을 매지 않고, 사람과 동등하게 지낼 수 있는 공간은 언제쯤 마련될지. 산골 외딴집이거나, 마당이 무지 넓어 풀어놓아도 이웃에 피해를 끼치지 않을 집이어야 하는데……. 내게 그런 행운이 찾아올지 장담할 수 없다.

밥보다 술이 좋아.

집에 일거리가 생기면 단골로 부르는 마을 미장이가 있다. 최씨다. 나이는 50대 중반인데 몸이 호리호리하고 얼굴도 깡말랐다. 눈 주위에 주름이 생겨 항상 웃는 모습이다.

얼마 전 방바닥이 울리면서 아래로 꺼져 최씨를 불렀다. 보일러를 깔 때 바닥을 잘 다지지 않은 것이 원인이라고 했다. 그에게 수리를 맡겼다.

아침 일찍 트럭을 몰고 나의 집으로 올라온 그는 조수를 동행했다. 최씨처럼 비쩍 야윈 데다가 얼굴도 마른 사람이었다. 어쩌면 저리도 생김새가 비슷할까, 저렇게 약한 몸으로 힘든 일을 할 수는 있을까 걱정도 됐지만 워낙 성실한 사람이라 믿었다.

최씨의 미장이 일을 맡고 따라온 사람은 허드렛일을 하는 조수 역할이었다. 두 사람은 손발이 척척 맞았다. 최씨가 방바닥의 콘크리트를 깨면 조수는 폐콘크리트 조각을 양동이에 담아 날랐다. 보일러를 새로 깔고 시멘트를 바를 때도 마찬가지였다. 조수는 마당에서 모래와 시멘트를 섞어 물에 갠 뒤 방으로 날랐다. 미장이 최씨가 흙삽으로 톡톡 두드리는 자리에 조수는 삽에 담긴 시멘트를 부었다.

그들은 한 시간 노동하고 나면 휴식을 취했다. 휴식은 새참과 함께였는데 소주 한 병을 둘이서 주거니 받거니 하며 나눠 마셨다. 안주는 손도 안 댔다. 양념 오징어와 땅콩 등 마른안주를 줘도 손을 안 댔다. 과일을 내놓아도 마찬가지였다. 그냥 깡소주를 마셨다. 안주래야 손톱만큼 입에 넣는 것이 전부였다.

일을 시작한 지 한 시간이 지나면 다시 새참과 휴식이 이어졌다. 오전에 두 번 새참을 먹는데, 소주 두 병이 비워졌다. 점심은 오후 1시가 되어야 먹었다. 점심도 새참과 별반 다를 것이 없었다. 밥을 먹는 양도 적지만, 반찬도 새참 때 안주를 먹는 것과 비슷했다. 쇠고기국에는 아예 숟가락을 넣지 않았다. 보다 못한 아내가 "뭘 해드려야 잘 잡수세요?" 하고 물었다. 그들은 싱글벙글 웃으며 아무렇지도 않다고 대답했다. "원래 잘 안 먹어요."

그나마 손을 대는 반찬은 시금치무침과 부추무침, 김치, 된장국 정도였다. 반찬을 먹는다 해도 젓가락으로 쪼끔 떠내는 정도지 쩝쩝 소리 내어 신나게 먹는 법이 없었다. 나는 그러니 두 사람 모두 살이 안 찌나 보다고 생각했다. 그들은 점심을 먹을 때도 소주를 한 병 비웠다.

점심을 먹고 난 후면 한 시간 휴식을 취했다. 나는 그동안 두 사람이 트럭에 들어가 달콤한 낮잠을 자겠거니 했다. 내가 방에 들어가 곤한 낮잠에 빠지듯이.

오후 2시가 돼 밖으로 나가니 두 사람이 골목길을 걸어올라오는 것이 보였다. 아니, 점심 시간에 쉬지도 않고 어딜 다녀오는 걸까? 조수 손에 양동이가 들려 있었다. 다가가보니 양동이에 민물가재가 가득 들어 있었다.

"이거, 민물가재 아녜요?"

"계곡에 많아요. 조려 먹으면 맛이 고소해요."

두 사람은 양동이를 햇빛이 들지 않는 그늘에 들여놓고는 일을 시작했다. 오후의 일도 오전과 똑같았다. 한 시간 일하고 새참으로 소주 한 병, 다시 한 시간 일하고 소주 한 병. 안주는 손톱만큼만 입에 집어넣을 뿐이었다. 해거름이 돼 일을 끝내고 도구를 정리한 뒤에 마지막으로 새참을 먹었다. 역시 소주 한 병과 함께.

식탁 아래를 살펴보니 빈 소주병이 여섯 개가 서 있다. 미장이 최씨와 조수의 혀는 벌써 고부라져서 말이 샌다. 그래도 기분은 좋아서 싱글벙글한다. 품삯을 계산하는 방법도 다르다. 암산으로 정리한다.

"시멘트 네 포하고 모래 한 차, 보일러 호스, 인건비, 합해서 25만 원이네요."

혀가 꼬여 우습다.

그들은 밥심으로 일하는 것이 아니라 술힘으로 일한다. 저래 가지고는 건강을 해칠 것이 분명한데도 나는 말리지를 못한다. 일과 술이 그들이 누릴 수 있는 최고의 즐거움 같아서였다. 두 사람은 바늘과 실처럼 움직였다. 호흡이 척척 맞는 데다가 소주를 좋아하는 것도 모자라 식성까지 똑같았다. 그들 미장이와 조수는 명콤비였다.

"수고하셨습니다" 하고 공사비를 건네며 인사하자 미장이 최씨는 모자를 벗으며 "잘 놀다 갑니다" 한다. 두 사람은 이른 아침 몰고 왔던 트럭을 타고 집으로 돌아갔다. 트럭이 달려간 골목길에 환한 가로등이 켜졌다.

몇 달이 지난 뒤 마을 사람에게 들어서 알게 된 일인데, 그들 두 사람은 친형제였다. 미장이 최씨가 동생이고 뒤에서 조수 노릇을 하는 사람이 형이었다. 한마을에 살면서 우애 있게 손발을 맞춰가며 미장이와 조수 일을 주거니 받거니 하고 사는 것이 믿겨지지 않았다. 나이 육십이 다 된 형제가 어린애들처럼 알콩달콩 가재를 잡으러 계곡을 다녀오다니! 요즘 세상에!

도둑맞은 2만 6000원.

외출을 했다가 집으로 돌아오니 사방이 어둑어둑했다. 평상시와 다름없는 해 질 녘의 시골 풍경이 완연했다. 서쪽 창문으로는 잘 익은 포도색 노을이 막 흔적을 지워내고 있었다. 낮에서 밤으로 이동하는 시간의 흐름을 가장 잘 엿보게 되는 순간이었다. 내가 가장 좋아하는 시간이기도 했다.

옷을 갈아입고 북쪽으로 창문이 난 서재로 들어갔다가 화들짝 놀랐다. 찬바람이 느닷없이 얼굴을 때렸다. 창문을 열어놓은 것도 아닌데 찬바람이 불다니! 외출할 때면 창문을 일일이 체크했다. 정신을 차려보니 깨진 유리창으로 불어드는 바람이었다. 커튼이 휘날렸다. 비로소 마구 흐트러져 산만한 방 안이 눈에 들어왔다. 빈집에 도둑이 다녀간 것이 분명했다.

도둑은 집 안 곳곳을 빠짐없이 뒤져놓았다. 모든 서랍은 다 열려 있었다. 귀중품이 들어 있을 만한 공간은 모두 열어본 흔적이 역력했다. 갑자기 가슴이 답답했다.

훔쳐갈 만한 귀중품이 없는 집에 웬 도둑이 찾아온 것인지. 나의 집엔 도둑이 훔쳐갈 만한 물건이 없었다. 도둑은 패물이라든지 현금 따위를 기대한 것인데 내 집은 그런 것과는 거리가 멀었다. 도둑은 선택을 잘못한 것이었다. 나의 집이 겉으로 보기에 도시의 잘사는 부자가 전원생활을 즐기는 것으로 비쳤나 보다고 생각했다. 그래서일까, 시골로 이사 와서 처음으로 도둑을 맞은 기분이 무섭다기보다는 허탈하고 황당했다.

깨진 유리창을 바라보며 문득 나의 집에서 값나가는 물건이 무엇인지를 꼽아보았다. 중고 노트북, 값싼 디지털 카메라, 중고 마란츠 오디오, 호너 크로매틱 하모니카……. 손꼽아보니 그게 전부였다. 의외였다. 내가 가진 귀중품이 고작 그 정도라니? 요즘 도둑은 그런 물건 따위에는 관심이 없다. 금반지나 금목걸이, 보석, 현금이라면 모를까! 유리창을 깨고 들어온 도둑은 값나가는 물건

하나 없는 나의 집을 뒤진 뒤 얼마나 실망을 했을지.

밤에 읍내 파출소에서 경찰이 왔다. 신고를 받고 온 것인데, 도둑이 들어온 장소와 어지럽혀진 집 안 곳곳을 살폈다. 감식반에서 나온 경찰은 지문 감식과 사진 촬영을 했다. 깨진 유리창과 열린 서랍, 장판에 찍힌 발자국…….

조사를 끝낸 경찰관이 물었다.

"도난당한 물건은 어떤 것들입니까?"

"없군요."

"예? 잃어버린 물건이 없다고요?"

"도둑이 가져갈 만한 물건이 없거든요."

"흠, 그럼 피해 물건은 없다고 적겠습니다."

경찰관은 내가 부러 도난당한 물건이 없다고 거짓말을 하는 줄 아는 눈치였다. 경찰관이 돌아가고 청소를 했다. 흐트러진 집 안을 정리하고 깨진 유리창을 쓸어내면서 잠시 도둑 생각을 했다. 별 볼일 없는 집을 턴 도둑의 실망한 마음도 그려보았다. 시골집을 터는 좀도둑이 분명했다.

도둑을 맞고 난 후 외출할 때 현관문을 잠그지 않기로 했다. 어차피 도둑이 들어와봐야 가져갈 것이 없으니까, 문을 잠그나 열어놓으나 마찬가지였다. 굳이 현관문과 창문을 꼭꼭 잠그고 외출했다가 유리창만 깨지는 일을 당할 터였다. 도둑에게 '문이 모두 열려 있으니 그냥 들어오시길! 그런데 들어와봐야 특별히 가져갈 만한 귀중품이 없으니 본인이 알아서 판단하시길!'이라는 메시지를 남기는 편이 낫다는 생각이었다.

도둑이 든 뒤 첫 주말이 됐을 때 깨진 유리창을 갈아주는 행상이 마을을 찾아왔다. 이동식 차량에 부착된 스피커를 통해 "깨진 유리! 찢어진 방충망! 갈아줍니다!" 하고 방송했다. 슬리퍼를 끌고 골목길을 달려내려갔다. 포터 트럭을 몰고 시골 마을을 다니는 유리 행상을 불렀다.

행상은 대머리였다. 그가 줄자를 들고 올라와 서재 북쪽의 깨진 유리창을 쟀다. 바깥 창문은 통째로 갈아야 했고 안쪽 나무 창문은 한쪽만 갈면 됐다. 깨진 유리창을 교체하는 데 든 비용이 2만 6000원이었다. 결국 도둑에게 빼앗긴 건 깨진 유리창값 2만 6000원인 셈이 됐다.

기차역은 잘 지내는지.

동해 남부선이 지나가는 마을 입구에 기차역이 있다. 몇 년 전까지 역무원이 근무를 했지만 지금은 모두 철수하고 없다. 무인역無人驛이다.

비가 부슬부슬 내리는 밤이면 역에서 제법 떨어진 우리 집까지 레일에 바퀴 부딪히는 소리가 덜커덕! 덜커덕! 하고 들려왔다. 건널목의 차단기가 내려가면서 울리기 시작하는 경보음도 딸랑! 딸랑! 들려왔다. 그 소리는 나를 아련한 기분으로 끌고 갔다. 기차를 타고 먼 곳으로 여행을 떠나는 사람의 설렘 같은 것이었다. 지금 있는 자리에서 낯선 세상을 바라보며 신나게 달리는 꿈이기도 했다.

몇 년 전까지만 해도 마을 기차역에는 하루에 두어 차례 완행열차가 섰다. 그런데 역을 이용하는 승객이 점점 줄어들자 철도청은 역을 폐쇄하기로 결정했다. 그 후 완행열차는 역에 서지 않고 그대로 통과했다. 작은 시골 마을의 기차역은 인적이 끊긴 유령역으로 바뀌고 만 것이다.

기차가 서지 않자 역무원도 필요 없어졌다. 역무원들은 어느 날 짐을 정리해 인근 읍내 역으로 떠났다. 역사驛舍는 텅 비었다. 무인역이 된 것이다.

마을 주민들은 뭐라 항의조차 할 수 없었다. 기차를 타고 내리는 승객이 사라진 판에 기차역을 폐쇄한 데 대해 그 어떤 불만을 표출할 수 있겠는가.

오래전 마을 역에 기차가 설 때, 나는 가끔 기차를 타고 가까운 읍내에 다녀오곤 했다. 시골 역이어서 건물은 무척 낡았지만 품격이 있었다. 옛 건물이라 그런지 정갈하면서도 고풍스런 아름다움이 배어나왔다. 검은 기와와 흰 벽이 잘 어울렸고, 입구에 걸린 역 간판도 매혹적이었다. 주변의 조경수도 잘 가꾸어졌고 화단에는 계절마다 갖가지 꽃이 다투어 피었다.

매표소에서는 역무원이 표를 팔았는데 이웃집 아저씨처럼 온화했다. 나는 표를 끊은 뒤 기차를 기다릴 때면 벽에 걸린 기차 시간표와 운임표를 줄곧 바라보았다. 그것을 보고 있노라면 마치 멀고 낯선 도시를 향해 떠나는 여행자의 기분이 되어 괜히 마음이 들뜨기도 했다. 전국 각지의 특이한 역 이름을 따라 읽어도 보고, 운임 숫자를 하나하나 세어보기도 했다.

시골 사람들은 대합실 곳곳에 새벽에 수확한 채소와 창고에 보관해둔 햇곡식 보따리를 내려놓는다. 인근 읍내 장터에 내다팔 물건들이다. 그들은 저마다 정성껏 수확한 농작물을 곁에 두고 기차가 도착하기를 기다렸다.

기차가 도착할 시간이 다가오면 역무원은 개찰구를 열고 나와 "개찰요! 개찰!" 하고 외쳤다. 승객들은 짐보따리를 머리에 인 채 우르르 개찰구 쪽으로 몰려가 좁은 문틈으로 빠져나갔다. 철로변 승강장은 잠시 승객들로 활기가 넘쳤다. 기차는 늘 붐볐다. 기차를 탄 시골 사람들이 얘기꽃을 피웠다. 시골 역에 정차하는 기차에서만 느낄 수 있는 정감 어린 풍경이다.

느릿느릿 달리는 기차의 차창 밖으로 들판이 따라오고 구름이 밀려간다. 기차의 경적에 놀란 학이 날개를 활짝 펼쳐들고 논 위로 날아오른다.

시골 기차의 마지막 세대인 그들이 점점 노쇠해지면서 노동력을 상실하자 기차 이용객이 급격히 줄었다. 마을의 젊은이들은 기차를 이용하지 않았다. 저마다 자가용이 있는 데다가 대중교통을 이용하더라도 번거로운 기차보다는 수시로 오가는 시내버스를 선호했다. 시내버스는 운행 횟수도 많을뿐더러 이용하기도 간편했다.

나는 기차가 역에 멈추지 않고 스쳐가는 모습을 볼 때마다 이상한 상상에 사로잡혔다. 타고 내리는 손님이 없더라도 기차가 멈춰서는 장면이 그려졌다. 역무원도 없는 정거장과 대합실에 눈이 익은 시골 노인들이 오가는 풍경이다.

나는 지금도 마을 입구 기차역을 지나올 때마다 잠시 차를 세워놓고 역사로 올라가고 싶은 유혹에 빠진다. 덩달아 지나간 기억을 되돌린다. 사람들이 사라진 대합실과 철길 옆 승강장은 잘 있는지, 화단에는 어떤 꽃이 피었는지, 벽에 걸린 기차 시간표와 운임표는 잘 붙어 있는지, 개표소의 반달형 유리문은 깨어지지 않았는지……. 손님들의 훈기가 사라진 역은 어떤 모습일까.

그러면서도 마을 입구의 기차역으로 올라가지 못하는 것은 예견된 실망감 때문인지도 모르겠다. 거미줄이 늘어진 기차역 입구의 측백나무 샛길을 보며 늘 안부만 물을 뿐이다.

'나의 기차역은 잘 지내는지.'

자라지 않는 다올이。

다올이 가족은 나와 비슷한 시기에 마을로 이사를 왔다. 벌써 10년이 훌쩍 지났다. 나를 포함해 모두들 세월이 흐른 만큼 지나간 과거의 이런저런 사연들을 벌집처럼 쌓아놓고 있다. 자녀들은 장성해 벌써 대학생이 됐다. 이사 올 때 심었던 마당 서쪽의 단풍나무는 이제 그네를 매달아도 좋을 정도로 굵어졌다. 어디 그뿐인가. 울타리로 심은 조팝나무는 가지치기를 해주어도 쑥쑥 자라나 여름 내내 집을 보호해주고 있다. 집을 품은 거대한 둥지 같다.

그동안 키우던 개들도 모두 이런저런 가슴 아픈 사연을 남겨놓고 내 곁을 떠나갔다. 나는 개들이 내 곁을 떠날 때마다 언젠가 나 역시 작별이라는 슬픔을 간직한 주인공이 될 것이라고 믿었다. 그럴 때마다 쓸쓸한 미소를 지었다. 처음 만났을 때 기쁘고 설레던 사이도 시간이 흐를수록 때가 낀다. 처음에는 모든 것이 용서되던 것들도 세월이 가면서 강퍅해진다. 진부해진다. 고마움이 탈색된다. 비로소 작별할 즈음에야 깨닫지만 때는 늦었다. 고운 정 미운 정이 한꺼번에 충돌해 커다란 파도로 다가와 부서진다. 그래도 나는 어쩔 수 없이 주변의 이런저런 것들과 작별을 해야 했다. 개, 나무, 책, 편지, 사람까지……

그런데 10년 전이나 지금이나 변함없는 사람이 다올이였다. 다올이는 언제나 똑같았다. 그는 벌집처럼 과거의 추억을 쌓아올리지 않았다. 10년 전과 달라진 것이라고는 키가 두 뼘이나 컸고 몸집이 불어난 것뿐이었다. 그 같은 외적인 변모는 중요하지 않았다. 그것이 사람을 변하게 하지는 않으니까. 사람이 변하는 것은 몸뚱이가 아니라 보이지 않는 정신 때문이니까.

하루는 다올이가 버스 정류장에서 마을 골목길로 접어드는 길가에 가만히 서 있는 것을 보았다. 길을 가지 못하고 서 있다니! 이날은 아버지가 마중을 나오지 않은 것이었다. 아마 학교 버스가 예정 시간보다 일찍 도착한 것 같았다. 다올이는 혼자서 집을 향해 가다가 걸음을 멈춘 것이 분명했다. 다올이는 무엇인가를 두려워하는 눈치였다. 가만 살펴보니 저만큼 가게 앞에 나와 꼬리를 바짝 치켜든 채 서 있는 발발이 개가 보였다. 얼굴 모양이 스누피처럼 생긴 개였다. 녀석은 번듯한 자기 집은 거들떠보지도 않은 채 주인이 세워 놓은 자가용 아래 들어가 자는 별난 개였다.

다올이가 걸음을 멈춘 것은 그 발발이 때문이었다. 덩치가 커다란 남자애가 발발이가 무서워 길을 지나가지 못하다니……. 내가 앞장서 발발이를 쫓았다. 개는 멀뚱멀뚱 나를 쳐다보면서 곁눈질까지 해대다가 식당 안으로 쫓겨 들어갔다. 다올이는 그제야 서둘러 걸음을 떼놓았다. 무사히 식당 앞을 지난 다올이 이마에 땀이 고여 있었다.

내가 다올이를 처음 보았을 때는 초등학교 1학년이었다. 마을 초등학교에 다녔는데, 아버지가 지금처럼 등하굣길은 물론 학교 생활 내내 붙어다녔다. 다올이 집과 초등학교는 불과 20미터도 안 되는 거리였다. 초등학교 뒷문을 빠져나오면 바로 다올이 집이었다. 그런데도 아버지는 아들을 데리고 다녀야 했다. 다올이는 어디로 튈지 모르는 공과 같았다. 늘 위험했다. 언제 사고를 칠지 몰랐다. 판단력이 없다 보니 예리한 유리 조각을 집어 입 안에 넣을 수도 있고, 뜨거운 쇳조각을 덥석 만질 수도 있었다.

초여름이 찾아온 어느 날 다올이가 뱀에 물려 병원으로 실려

갔다는 소문이 들려왔다. 아버지와 함께 마을 뒷산에 올라갔다가 산길에서 뱀과 마주친 것이었다. 다올이는 뱀을 보자 녀석이 신기해 보였던지 덥석 두 손으로 움켜잡고 말았다. 뱀에게 물리면 독에 감염돼 죽을 수도 있다는 지각이 없었다. 뱀은 겁 없는 소년의 여린 손가락을 물고 말았다.

다올이가 움켜쥔 뱀은 독사였다. 아버지가 차에 태워 읍내 병원으로 달려갔다. 독이 팔로 번져올라 퉁퉁 부었다. 응급 처방을 받았지만 독사에 물린 손가락은 독이 심하게 번져 일부분을 도려내야 했다. 다올이는 보름 동안 병원에 입원해 치료를 받고 나서야 집으로 돌아왔다.

나는 그때 다올이가 자폐 아동이라는 사실을 처음 알았다. 가족들이 이 마을로 이사를 온 까닭도 시골이 좋아서라기보다 다올이를 위한 것이라는 사실도 알게 됐다. 아버지는 아들 다올이 때문에 도시에서 다니던 훌륭한 직장을 그만두고 시골로 이사를 왔다. 가족들은 도시를 떠나기 전 세 가지 조건이 맞는 곳을 골랐다. 첫째 집 가까이 학교가 있을 것, 둘째 집 가까이 교회가 있을 것, 셋째 집 가까이 농사지을 땅이 있을 것.

다올이 아버지는 시골로 들어오면서 일정한 수입이 없자 다올이를 살필 겸 자청해서 시골 초등학교 관리인으로 일했다. 다올이가 초등학교를 졸업하는 동안 학교의 궂은일을 도맡았다. 다올이가 있는 자리에는 늘 아버지가 있었다.

초등학교를 졸업하자 시내에 있는 정신 지체와 청각 장애자를 위해 설립한 특수 학교에 보내야 했다. 자폐증이 심한 다올이를 정규 중학교에 진학시킬 수 없기 때문이었다.

다올이는 매일 아침 아버지를 따라 마을 버스 정류장으로 나왔다. 아버지는 정해진 시간에 도착하는 특수 학교 버스에 다올이가 올라서는 것을 보고 돌아선다. 오후에도 변함없이 버스 정류장에 나와 아들을 기다린다. 마을 사람들은 봄 여름 가을 겨울 변하지 않는 아들과 아버지의 동행을 본다. 아버지와 함께 걷는 다올이는 늘 싱글벙글 웃는 얼굴이다. 아버지에 대한 믿음이 다올이를 행복하게 만들고 있는 것이다. 다올이는 고목처럼 든든하게 버티고 서 있는 아버지가 있어 세월이 흘러도 두렵지 않은가 보다. 아버지의 얼굴은 그사이 중년의 주름이 잡혀가는데 다올이의 표정은 10년 전과 똑같다.

나는 다올이를 볼 때마다 세상이 멈춘 것을 본다. 몸은 커졌지만 정신은 그대로인 다올이의 세상이 우리를 향해 무어라 외치고 있는 것만 같아 귀를 기울인다. 모두가 언젠가는 쓸쓸히 있던 자리를 떠나가지만 다올이만은 변함없이 그 자리를 지킬 것이라는 희망이 생긴다. 다올이 아버지에게는 너무나 미안하고 잔인하고 혹독한 생각이겠지만, 나는 다올이를 볼 때마다 변치 않는 파란 하늘 한쪽을 떠올린다. 파란 하늘 같은 마음이 10년 전이나 지금이나 똑같기 때문이다.

나는 10년의 세월이 흐르는 동안 엄나무처럼 삐뚤삐뚤 모나게 자란 마음이 성장인 것으로 착각하고 있다. 다올이의 얼굴을 볼 때마다 때 묻은 마음이 부끄럽다.

검은휘파람새의 우주。

저 새의 이름은 무엇일까? 낮에는 감쪽같이 자취를 감추었다가 밤이 오면 나타나 서글피 우는 새였다. 밤새 울다가 날이 밝으면 툴툴 털고 일어나본 적이 있는 사람이라면 이 새의 생리를 이해할 수도 있을 것만 같았다. 늦은 봄부터 여름이 끝날 무렵까지 이 새는 밤마다 나의 집 주변을 오가며 그렇게 울고 울었다.

처음 그 새의 울음을 들었을 때는 팔에 소름이 돋았다. 귀신이

운다면 아마도 그렇게 울 거라고 여겼다. 어찌 들으면 낙심한 사람이 세상을 향해 구슬프게 부는 휘파람 소리 같기도 했다. 한편으로는 누군가가 어둠 속에 몸을 감춘 채 나를 시험해보려고 몰래 불어대는 휘파람 소리처럼 들렸다.

휘이이이이~ 휘이이이이~.

이 새의 이름은 무엇일까? 새는 저녁에도 울지만 한밤중 혹은 새벽에 더 자주 울었다. 모두가 잠든 깊은 밤 문득 잠을 깼을 때, 창 너머에서 들려오는 '휘이이이이' 소리는 듣는 사람의 마음을 횅 뚫는 마력을 지니고 있었다. 누군가가 그리워 목이 메도록 우는 소리와도 같았다.

그 소리를 듣다 보면 덩달아 울적해진다. 오래전 돌아가신 어머니가 보고 싶어진다. 서울 간 식구들 생각도 난다. 갑자기 눈물을 글썽거린다. 어둠 속 빈자리를 지나가는 낮고도 긴 새 울음이 느닷없는 감정의 충돌을 일으킨 것이다. 부끄럽기는 해도 듣는 이 없는 시골집에서 하염없이 울다 보면 막혔던 가슴이 시원하게 뚫린다.

울음을 그치고 나서야 휘이이이이 하고 나의 가슴을 사무치게 했던 새소리가 사라진 것을 안다. 나를 울려놓은 그 새는 어디로 날아간 것인가. 나쁜 녀석!

한밤중 새소리에 잠을 깬 뒤, 실컷 울고 난 다음날은 마음이 너그러워진다. 사물이 친근해 보이고 이웃에게도 따뜻해진다. 용서가 이런 것인가 보다. 만사 측은지심이 피어오른다. 나를 울게 하고 웃게도 하는 저 새의 이름은 무엇일까?

하루는 인터넷을 검색해보았다. 휘파람 같은 소리를 길게, 나지막하면서도 애간장 태우듯 내지르는 여름밤의 야행성 조류는 무슨 새일까. 뜻밖에도 그 새의 이름은 '호랑지빠귀'였다. 새의 깃털이 호랑이 무늬를 닮아서 붙인 이름이라고 했다. 호랑이라니? 새의 울음과 이름이 너무 어울리지 않았다. 나는 '호랑지빠귀'를 '검은휘파람새'로 바꾸었다. 누가 뭐래도 나 혼자 알고 지내면 그만이다. 어차피 그 새는 자기가 호랑지빠귀라 불리는 것도 모를 것이다.

나는 가끔 마음이 적적할 때는 '검은휘파람새'와 함께 운다. 밤새 베개를 눈물로 적시기도 한다. 기분이 좋을 때면 명랑한 행진곡처럼 따라 부른다. 휘이이이이~ 휘이이이이~.

어느 날 밤 문득 검은휘파람새가 보고 싶었다. 손전등을 들고 마당을 나섰다. 새소리가 들려오는 언덕 아래 산길을 올라갔다. 손전등을 켜면 새가 달아날까 봐 스위치를 껐다. 바람 한점 없는 칠흑이다. 휘이이이이~ 새 소리가 점점 가까웠다. 오래된 상수리나무 위였다. 나무 아래 서서 올려다보았다. 나뭇잎이 빽빽한 상수리나무가 둥근 천장처럼 펼쳐졌다. 밤하늘에 떠 있는 상수리나무의 원형이 지구 같다. 그 사이사이로 초롱초롱 별빛이 숨바꼭질을 하고 있다. 그 안에서 휘이이이이~ 소리가 난다. 그러나 새는 보이지 않는다. 볼 수가 없다. 나무 우주 속에 숨은 존재다.

나는 가만히 그를 향해 휘파람 소리를 흉내 냈다. 휘이이이이~ 검은휘파람새 소리가 뚝 멎었다. 낯선 침입자가 온 것을 알았는지 정적이 흐른다. 어디에 숨은 것인가. 푸른 밤하늘과 반짝이는 별과 촘촘하게 자리한 이파리로 직조된 상수리나무 우주 속에서 나를 바라보고 있는가.

한참 동안 상수리나무로 이루어진 우주를 쳐다본다. 고요 속에 서 있다가 집으로 돌아온다. 그제야 등 뒤에서 휘이이이이~ 검은휘파람새가 운다. 울보라며 놀리듯 휘이이이~ 소리를 낸다. 울보 아저씨~ 휘이이이이~.

호랑지빠귀, 아니 검은휘파람새가 우는 밤이면 아직도 가슴 한쪽이 아리다. 아리지만 서로가 서로의 마음을 알아주는 것 같아 적이 위로가 된다. 이토록 통하는 친구가 적적한 시골, 캄캄한 밤중에 또 있을까. 나는 언제쯤 검은휘파람새 같은 우주를 갖게 될까. 침묵과 고독의 검은 우주 속에서 홀로 소리를 내며 흔들리지 않을까.

검은휘파람새는 오늘 밤도 내일 밤도, 집 가까이 상수리나무 위에서 나를 지켜볼 것이다. 나는 언제쯤 이웃을 향해 치유와 위로의 휘파람을 불러줄 수 있을까.

낮에 나온 달.

늦여름 오후에 낮달을 보았다. 낮에 나온 달이 예뻤다. 민감하지 못하면 그냥 스쳐버릴 낮달이었다. 마당에 서서 한참을 낮달 감상에 빠졌다.

하늘과 구름 사이에 박힌 낮달은 투명했다. 물이 담긴 투명한 풍선 같았다. 낮달은 밤에 뜨는 달과 달랐다. 달의 표면만이 아니라 암석의 뒤쪽까지 환히 드러나 보이는 느낌이었다. 얼음을 통해 맑은 연못 바닥을 바라보던 때처럼.

낮에 나온 달을 볼 때면 그 달을 닮고 싶었다. 검은 하늘이 아니고 파란 하늘에 떠 있는 달은 우주의 이방인 같고 방랑자 같았다. 결코 어울릴 수 없는 공간에 홀로 놓인 외톨이었다.

낮달을 볼 때면 가슴이 아팠다. 누군가 투시경으로 나의 염통과 허파와 소장과 대장을 보고 있다는 기분이었다. 얼마나 슬픈 일인가. 오장육부를 들여다본다는 것보다 그 행위를 통해 존재의 비밀이 깨진다는 것은 진짜 슬픈 일이 아닐 수 없다.

그렇더라도 나는 방랑자 또는 이방인의 낮달이 되고 싶었다. 외톨이지만 한없이 투명한 낮달을 닮고 싶었다. 세상이 흑암으로 덮인 밤, 창공에 홀로 떠서 대지를 비추는 눈부신 달보다는 대낮에 나온 투명한 얼음 같은 달이 되고 싶었다.

나는 고개를 꺾어 낮달을 보면서 즐거운 상상을 한다. 낮달은 가슴 아픈 이들이 누구에게도 털어놓지 못하는 사연처럼 처연하게 떠 있다. 낮달은 상실한 사람이 위로를 구하는 모습처럼 슬프게 떠 있다. 낮달은 그리움으로 사무친 아이가 용기를 구하는 것처럼 간신히 떠 있다.

낮달에게는 그런 아픔만 있는 것이 아니다. 그리운 사람이 어디로 사라진 것이 아니라 '늘 그 자리에 있다'는 것을 알게 해주는 묘약이다. 식어진 사랑이라 할지라도 실은 '늘 제자리에 뜨겁게 있을 뿐이다'라는 비밀을 보여주는 마법이다. 떠나버린 사랑이라며 울며 상심해하는 한 남자 혹은 한 여자에게 '사랑은 어디에도 가지 않았어!' 하고 진실을 알려주는 것도 낮달이다.

나는 나무 의자에 앉아 파란 하늘과 조각구름 사이에 떠 있는 낮달을 다시 바라본다. 무엇 하나 감출 게 없는 낮달이다. 벌거벗은 아이 같다. 이 시대의 변덕스런 사랑과 달리 결코 끝나지 않는 불멸의 사랑으로 보인다. 가벼이 스쳐보면 보이지 않지만, 마음을 열고 눈을 뜨면 보이는 낮달이다. 나는 고개를 들어 낮달에게 말을 건다. 은근히 숨어 있지만 홀로 명료하고 매사에 투명한 너는 좋겠다.

그사이 해가 서산을 넘고 있다. 마당의 단풍나무와 산수유와 목련과 엉겅퀴와 쑥갓과 고양이와 쥐와 울타리와 창문과 바람까지도 땅거미에 덮여간다. 낮이 밤으로 바뀌는 시간이다. 능선을 따라 붉은 노을이 번져오른다. 부끄럼을 타는 아이의 볼처럼 빨갛다. 개밥바라기별이 반짝 빛난다. 내가 좋아하는 낮달도 변하기 시작한다.

나무 의자에서 벌떡 일어나 변신한 낮달을 쏘아본다. 낮달은 점점 모습을 바꾼다. 투명하던 낮달은 밤의 마술에 걸린 듯 스스로 발광한다. 낮달이 사라진 자리에 눈부신 '달'이 떠 있다. 달은 쉬지 않고 빛을 뿜어낸다. 점점 환해져 눈이 부시다. 밤하늘에 매달린 가로등처럼 지상을 비춘다. 풀잎을 밟으며 어둠에 묻힌 집으로 걸어가는데 달빛 한줄기가 등에 꽂힌다.

나는 밤공기를 크게 들이마셨다가 몰아서 내쉰다. 사랑하고 미워하고 웃고 울고 쓸쓸해하고 그리워하는 일이 이와 같다. 그러나 나는 만사가 이와 같다고 해서 실망하거나 슬퍼하지 않는다. 낮달은 밤의 마술에 빠졌다가도 낮이 되면 깨어나는 불멸이니까. 내일이면 하늘의 선물처럼 새로운 낮달이 다시 나올 테니까. 사는 건 이처럼 행복한 일이다.

눈사람은 말을 하지도 듣지도 보지도 못하는데,

나는 눈사람을 만들어 놓고,

그 앞에 서서 종일 뭐라고 떠들어댔다.

밤새 내린 눈이 마당을 이불처럼 덮어버렸다.
눈밭은 아침 햇빛을 받아 반짝반짝 눈이 부셨다.
순백의 눈을 밟고 집을 나서려니 발걸음이 떨어지지 않았다.

방 북쪽으로 난 작은 창은
뒷산과 뒷밭을 보기 위해 만들었다.
이 창으로는 365일 한 줄기 햇빛조차 들지 않지만,
창 너머로는 365일 싱싱한 햇빛 세상을 볼 수 있다.

늦은 오후가 되면 서쪽 창으로 햇볕이 든다.

나뭇잎 그림자도 책상 위로 길게 드리운다.

나는 나뭇잎 그림자 위에 손바닥을 대고 나무의 호흡을 느껴본다.

햇볕 그림자만으로도 따뜻한 오후.

사는 게 참 행복하다
© 조중의 2010

초판 1쇄 발행　2010년 10월 30일
초판 3쇄 발행　2010년 12월 17일

지은이 조중의

펴낸이 강병선
편집인 윤동희

편집장 장재순
디자인 손현주
일러스트 현경
마케팅 방미연 우영희 정유선 나해진
온라인 마케팅 이상혁 한민아
제 작 안정숙 서동관 정구현 김애진
제작처 영신사

펴낸곳 (주)문학동네
출판등록 1993년 10월 22일 제406-2003-000045호
임프린트 북노마드

주소 413-756 경기도 파주시 교하읍 문발리 파주출판도시 513-8
전자우편 ceohee02@nate.com
문의전화 031.955.8891(마케팅), 031.955.2675(편집), 031.955.8855(팩스)
북노마드카페 http://cafe.naver.com/booknomad

ISBN　978-89-546-1301-9　　03810

www.munhak.com